決定版　女人源氏物語　四

瀬戸内寂聴

集英社文庫

目次

決定版

女人源氏物語

四

柏木

★

かしわぎ

女三の宮の侍女小侍従のかたる

女三の宮さまの御輿入れのお供をして、六条院へまいりましてから、はや一年あまりの歳月が流れてしまいました。六条院のすばらしさは、世間の人々の噂どおり、この世の極楽かと思われますが、女三の宮さまのこちらでの御生活は果たしてお幸せといえましょうか。

母は侍従の乳母と呼ばれ、姫宮さまのお生まれあそばした時からお仕え申しておりますので、朱雀院さまからも、くれぐれも姫宮さまをお守りするよう申しつかっております。勝気でしっかりものの母は、一身にかえても姫宮さまをお守りする覚悟でございますし、姫宮さまとは畏れ多くも乳姉妹にあたるわたくしに対しましても、

「小侍従よく覚えておきなさい。お前は前世の良い因縁で、もったいなくも、姫

宮さまの乳姉妹にさせていただいたのだから、この世では一身を賭して、姫宮さまをお守りしなければなりません。万一、わたしが命を落とすようなことがあれば、わたしに代わって、わたしの心以上にお尽くし申しあげるのですよ。決して姫宮さまはこちらで安心できるお立場ではないのだからね」

と、さとし聞かすのが常でございました。

光君さまは、それはもう姫宮さまを大切にしてくださいますけれど、それはあくまで表向きで、御本心は、どうやら、姫宮さまのあまりの幼さや、お育ち柄から素直で無邪気すぎるところがあきたらず、期待したほどの魅力をお感じにならなかったというのが、本音でいらっしゃるのでしょう。

対にお住まいの紫上さまとのお仲は、あちらの女房の話では、むしろ姫宮さまが御降嫁あそばしてからいっそう睦まじくなられ、水も洩らさず琴瑟相和した御様子だと申します。はじめの頃こそ、世間の手前も、一応こちらの顔を立てる程度にお渡りくださいましたけれど、次第にそれが間遠になり、二日おき、三日おきと遠のき、今では七日に一度か十日に一度しかお渡りもありません。

姫宮さまは心底からおっとりした御性分の上、朱雀院さまがあまりにも御鍾愛あそばし、世間の風などにはちらともあわせないようなさいましたので、人を疑ったり、人の心をおしはかったりするところがみじんもおありにならないのです。光君さまが御自分に対して形だけの重んじようをなさっていることにもお気づきにならず、結婚とはこんなものだと、素直にお思いになっていらっしゃる御様子です。母などはそれを内心歯がゆがり、じりじり気をもんでおりました。

六条院へ移って何か月か過ぎた頃、紫上さまがなんと思われたのか、わざわざこちらへお出かけくださいまして、姫宮さまと御対面のことがありました。母はその数日前から緊張して、夜も眠れないほどでした。

光君さまはそれを伝えにお渡りになられた時、姫宮さまに、

「東の対の人がお近づき申したいと言っておりますので逢ってやってください。紫上は、ほんとに心ばえのいい人ですよ。まだ若々しいので、お遊び相手としてもちょうどいいと思いますよ」

などおっしゃるのでした。姫宮さまは、ただもう無邪気に、

「きまりが悪いことでしょうね。何をお話ししていいかわかりませんわ」

などおっしゃるのも他愛ないことです。

「お返事は、その場その場で先方の言うことに応じて考えればいいのです。他人行儀にはなさらないように」

など、こまごまお教えになるのもありがたいことですが、母などは、そんなに光君さまが気をつかわれるほど、紫上さまを大切に思っていらっしゃるのだと、

いっそう気が張るようでした。

御対面にお渡りになった紫上さまを拝して、もうわたくしどもは言葉もありませんでした。噂に聞いていたよりも、想像していたよりも、はるかにはるかに立ちまさって、それはもうなんとも言いようもないほど上品で美しく、華やかで魅力的なお方でございました。

光君さまよりは八歳ほどお若くていらっしゃいますので、この時、三十二歳におなりのはずでしたが、十歳もお若く見えます。

姫宮さまに対して申し分なく丁重な態度をおとりになって、年より子供っぽい姫宮さまに、まるで母親のようにおやさしく、御自分との血縁のことなど話してくださるのでした。紫上さまの御父上式部卿宮さまと女三の宮さまの御母上とは、腹ちがいの御兄妹でいらっしゃるので、紫上さまと女三の宮さまは御従姉妹の間柄になられるのでした。

そうやって女三の宮さまを御安心させた上で、わたくしの母をお呼び寄せになって、

「今申しあげたように、血筋をたどっていけば、畏れ多いことながら、切っても切れない御縁なのに、つい機会がなく、これまで失礼してきました。これからはわたくしの対のほうにもお気軽にお出かけくださいますよう。行きとどかない点

などありましたら、どうか御遠慮なく御注意くださいますように」

と、こまごまとお話しくださるのでした。母もすっかり緊張したまま言上いたしました。

「ありがとうございます。姫宮さまは頼りとなさる方々につぎつぎお別れなさいまして、ほんとうに心細い御境涯でいらっしゃいます。

それだけに、このようにおやさしいお言葉をいただきますと、こんなに嬉しいありがたいことはございません。御出家あそばした朱雀院さまからも、紫上さまに、姫宮さまを憎からずお思いくださいまして、まだ万事につけ、いたって幼い姫宮さまを御養育申しあげてくださるよう、くれぐれもお頼みせよと申しつかっております」

その対面が終わった後、母は大役を終えほっとして、わたくしに腰をもませながら、しみじみ申したことでした。

「なかなかどうして、紫上さまは世間の評判以上にすばらしいお方だね。正直のところ、とても姫宮さまの幼稚さや御器量では太刀打ちできるお方じゃない。この勝負ははじめからついていますよ。光君さまが年毎、日毎に御寵愛の度を深めていらっしゃるという謎もとけました。とんだところへいらっしゃったものだ」

「だって、あんなにいろんな方が姫宮さまを望んでいらっしゃったのに、おかあさまが、光君さまがいちばん安心だってすすめて、こんなことになったんじゃありませんか。おかあさまにも責任はあるわ」

わたくしが憎まれ口をきいても、母は珍しくだまって返事もせずに、ため息をついていました。

宮さまにお心を寄せていた方々は、兵部卿宮（ひょうぶきょうのみや）や夕霧中納言（ゆうぎりのちゅうなごん）といい、柏木衛門督（かしわぎのえもんのかみ）といい、若くて美男で立派な方々ばかりでした。藤大納言（とうのだいなごん）は、朱雀院の別当（べっとう）ですから、御身分が少し劣るとはいっても、姫宮さまに対する熱心さや誠意は誰にひけをとるものでもありませんでした。六条院で、こんな上べだけの愛しかいただけないなら、藤大納言にあが仏と崇（あが）められて大切にかしずかれたほうが、女としては幸せだったのではないかとさえ思われます。

わたくしとしましては柏木衛門督さまが、それはもう熱心で、何かといえば、わたくしを呼び出し、拝まんばかりにして、想（おも）いを姫宮さまに伝えて、首尾をはかってくれと頼られておりましたので、いちばん情が移って、応援してあげたい気持でした。母にわかると叱られますので内緒にはしていましたが、競争者の情報などはみんな流してあげていたので、

「小侍従、恩にきるよ、この通りだ」

などと手を合わせたりなさるので、わたくしは笑ってしまいましたが、悪い気はいたしませんでした。

ちょっと神経質なところがありましたが、御容姿といい、お家柄といい、御学問のお力といい、申し分のない方と見受けられました。太政大臣も御長男の恋をご存じで、悪くない縁とお考えになり、北の方の御妹君に当たる尚侍の君（朧月夜の君）から朱雀院にそれとなく御推薦を願ったり、内部工作もおさおさおこたらなかったのです。

朱雀院が、この件ばかりはなぜか迷いぬかれて、尚侍の君の進言さえお取り上げにならなかったのです。

衛門督さまに憧れている女たちは大勢いましたのに見向きもせず、数々のいい御縁談にも耳をかさず、独身を通されてきたのは、北の方には内親王をと、心に深く決めていられたからだと、これはじきじき御本人から伺ったことでございます。

思いもかけない結果として光君さまに御降嫁になってからも、衛門督さまの恋の焔は衰えるどころか、いっそういやましてくるという御様子でした。今も引き続き、始終わたくしに連絡があり、どんな些細なことでも、姫宮さまに関する情報は洩れなく入手したいという御態度なのです。

光君さまからは表向きばかり大切にされて、本当は実に冷たいお仕打ちだなど話しますと、はらはら涙をこぼされ、拳で空を叩き、

「だから、はじめから、そんなことはわかりきっているのに。あんな多情な人が、どうして女ひとりを満足に愛せるだろう。小侍従よくお聞き。人間の愛情の分量などは定まっているのだ。一つの器にいっぱいの水を、あちらの花にもこちらの花にも分けて撒けば、一つの花にかける水の分量はそれぞれ少なくなるのは道理ではないか。愛情だって同じことだ。わたしはひとりの女しか愛さない。そのかわり、自分の愛のありったけをその人ひとりに注ぎきり、大輪の花を咲かせてあげるのだ」

　青臭い恋愛の理想論だとは思っても、涙を浮かべ、顔を蒼白にして力説されるのを見ていると、こんな殿御に全身全霊で愛される女は、なんと幸せだろうと思わずにはいられません。衛門督さまの熱情がわたくしの体内にも火を移し、わたくしもいっそうこの悲恋の若い貴公子を扶けてあげたい気持がつのっていくのでした。もちろん母にはすべて内緒です。

「そんなに思いつめられても、いったん光君さまのお手に渡ってしまった以上、もうどうしようもありませんわ。ほどほどにあきらめないと、お軀を損じてしまいますわ」

わたくしが、やせて目の険しくなった衛門督さまに御忠告したことがあります。

その時、衛門督さまは、

「小侍従、人間の寿命も、世間も無常なものだよ。もし光君さまに万一のことがおありだったり、かねて口にしていらっしゃる出家の御本懐をお遂げになる時が来ないでもあるまい……その時こそは……」

と凄いような笑みを片頬に浮かべられたのです。ぞっとして肌に粟を生じたことでした。

弥生（三月）の空もうららかに晴れた日、六条院では蹴鞠の会がありました。夕霧大将さまも衛門督さまも、その弟君の公達も、若い方々が大勢お集まりになって、それは賑やかでした。

わたくしどもも、御簾のかげからみんなしてお庭を覗いて、あれこれ公達の評定をしたりいたします。こんなことが女房勤めのいちばんの愉しみなのです。折から桜は満開で、樹々の新芽も芽ぶき、陽はうららかで、それはのどかな春の午後でした。風もないのに、しきりに桜の花びらが降りそそぎ、まるで雪のように、勇ましく鞠を蹴り上げる公達の上にふりかかるのでした。

夕霧大将さまのさわやかさは目立っておりましたが、衛門督さまのきわだって颯爽とした御様子は惚れ惚れするようでした。お顔立ちがおきれいな上に、ごく自然にさりげなく蹴られる御様子が、なんともいえず魅力があります。

衛門督さまはほんのお義理に鞠を蹴っていらっしゃいますが、心は上の空でこちらの姫宮さまのいらっしゃる御殿のあたりへちらちらと視線が向けられているのが、内から覗いているわたくしにはよくわかって、はらはらいたしました。やがて夕霧大将さまと並んで寝殿の南中央の階(きざはし)の中ほどに腰をおろし休まれましたが、目はいっそうはっきりとこちらのほうへそそがれています。

こちらは几帳(きちょう)なども大ざっぱに片寄せて、女房たちが縁側近くに集まって御簾越しに覗いているのですから、さぞ向こうからはしどけなく見えることでしょう。

その時です。この頃飼いはじめた唐猫(からねこ)の子猫が、突然走り出て、その後を大きな猫が追っかけて出ました。猫たちが御簾の裾からいきなり外へ走り出てしまいましたので、女房たちはあわて騒いで立ちまどうと、衣(きぬ)ずれの音がうるさいほどして、外に聞かれるのではないかと気が気ではありません。子猫はまだ人にもよくなついていず、首に長い紐(ひも)をつけてあったのが何かに引っかかり、まとわりついたのを、逃げようとして引っぱる拍子に紐にかかって御簾の端がめくれ上がり、部屋の中があらわに見えるほど開いてしまいました。女房たちは思いもかけない事態に動転してしまって、そこの柱の側(そば)にいた女房もぼうっとしてすぐ御簾を引きおろすという気転もきかないのです。

はっとして見返りますと、姫宮さまが紅梅襲の華やかな袖口をのぞかせ、桜襲の細長をお召しになり、糸をよりかけたような見事な長いおぐしを裾いっぱいにひいて、すんなりと立っていらっしゃるではありませんか。

猫騒動に姫宮さまも愕かれて、ぼうっとして立ち上がったまま、とっさに身をひるがえしてかくれるという配慮もわかない御様子なのです。子猫がうるさく鳴きたてるほうにふりかえって気をとられていらっしゃいます。愕きあわてたわたくしは、大きな声でお入りくださいと言うのもはしたないし、わたくしのいる所から姫宮さまのところまでは距離がある上、身がすくんで足も立ちません。

夕霧大将さまも気づかれて腰を浮かせ、困った表情をしていらっしゃいます。大将さまがわざ気がついたのはおふたりだけの様子なのがせめてものことです。大将さまがわざと咳払いをして、気づかせてくれ、ようやく姫宮さまはそっと奥へかくれていかれました。

その夜、激情にまかせてお書きになった衛門督さまのお手紙は、やはり姫宮さまをはっきり御覧になったということを報じられていました。

「こうして思いもかけぬことからお姿をあんなにありありと目に映すことができたのも、浅からぬ前世の縁の並々でない証拠かと思われて、この恋いつかはかならず叶うと信じられ、嬉しくてなりません。それにしてもあの子猫こそ恩人です。

紐が切れて走って来たので抱きあげてやると、おとなしくじっとわたしの胸にもたれかかるのです。柔らかであたたかい生き物は、なんともいえないかぐわしい、いい匂いがしみついていました。これがあのお方の移り香か、この子猫はあのお方のしなやかな指に愛撫(あいぶ)され、あのお方のお膝の上に抱きとられたのかと思うと、心底から子猫が羨ましく、なんともいいようもないほどいとしいのでした。そのまま盗んで帰りたいと思ったほどです。

　あの後は、東の対に招かれて宴席があったけれど、わたしは始終ぼんやりして、まだ瞼(まぶた)の中に焼きついているあのお方の俤(おもかげ)を抱きしめ、我を忘れておりました。夕霧大将が、

『何をぼんやりしていらっしゃるのです。よほどいいことを思い出していらっしゃるのですね』

と、生真面目(きまじめ)なあの人にしては珍しく冗談めかしく言いかけるのですが、その表情は硬く、夕霧大将も確かに見たはずの俤に、動揺している様子がありありと読みとれるのでした。思えば大将も姫宮さまに思いを寄せた人でした。

　どう思っても今日のことは瑞兆(ずいちょう)です。わたしの一途(いちず)な恋を神仏もあわれみ給(たも)うて、今日の夢のような一瞬を与えてくれたにちがいありません。

　光君さまが、なぜか今日はわたしに特に親しそうに話しかけてこられるのも妙

な気分です。

『太政大臣は昔から何事につけてもわたしを好敵手と見たてて勝負をなさるのがお好きだったが、中でも蹴鞠だけは、どうしてもわたしが敵わなかったものです。その上手の血筋をひいて、やはり今日のあなたはすばらしくお見事でしたよ』

とおっしゃるのです。その御様子が匂うように美しいのを拝するにつけても、こういうすばらしい方を見馴れていらっしゃれば、わたしなどお目にもとまることはないだろうと、はかない取越し苦労の種は尽きず、果てはつくづくこの片恋の切なさに夜も眠れなくなったのです。

小侍従よ、あのお方は今ごろどうしていらっしゃるのだろう。そなたはわたしに泣きつかれ、つきまとわれて、さぞうるさいことだろう。けれどもあのお方とわたしの間には、そなたという細い細い糸の絆しかないのだもの、どうかわたしの報われぬ恋をあわれと思って、もっともっと、あの方の御消息を知らせてほしい。そして、どんな機会にでも、どうかわたしという人間がこの世にいて、朝も夜も、夢の中までも、あのお方を思いつづけて泣いているということをお伝え申しあげてほしい。

ああ、あの一瞬が、永遠にも思われる。あの一瞬に瞼に焼きつけてしまった俤の、なんと可憐で嫋々として、いじらしく美しかったことか。せめて、夢の中でもいい、あのお方をこの胸に、細い骨のたわむほど力いっぱい抱きしめることができるなら……」

こんなお手紙は、もちろん、わたくしにあてたかたちで、姫宮さまにお書きになったものです。女房というものは、こういうお取次ぎも仕事のひとつで、美しい姫君のいらっしゃるお邸(やしき)には、必ずこんな恋のお取次ぎをする女房が何人かはいるものです。

わたくしは衛門督さまにとっては、不甲斐(ふがい)ない無能な腹立たしい恋の使いと、いまいましくお思いになっていらっしゃることでしょう。

それにしても姫宮さまは結婚して一年も過ぎたというのに、まだほんとに性愛にも恋にも目ざめていらっしゃらない御様子です。姫宮さま一辺倒の母にいわせると、それこそが姫宮さまという高貴のお方の何よりの証拠だと申します。

結婚してすぐ、性愛に目ざめて色っぽい様子になるなどは、下々(しもじも)の女のことだというのです。

わたくしの目からは、いくらひいき目にみても、姫宮さまはあまりにあどけなく、すべてにおいて発育がおくれていらっしゃるようにしか見えないのでした。

光君さまが、面白くなく思われ、魅力をお感じにならないのも、そういう点なのではないでしょうか。でも恋は、すべての人に不思議な目かくしを用意していて、恋する相手のいいところだけが、それもうんと誇張したかたちで目に映るようです。

追いかけるようにして、また衛門督さまからのお手紙が届きました。

「さっき、書き忘れたことを眠れないままに書き足します。

六条院からの帰り、夕霧大将と一つ車に乗って帰りました。その時、わたしが、『光君さまはやはり東の対の紫上のところばかりにいらっしゃるようですね。紫上に対しての御寵愛がよほど深いのでしょうね。

女三の宮さまは、それに対してどう思っていらっしゃるのでしょうか。朱雀院が並ぶものもないほど格別に鍾愛されて、こよなくいつくしんでいらっしゃったのに、六条院ではそれほど大切に扱われず、なんだかふさいでいらっしゃる御様子が、おいたわしいことです』

と、よけいなことを言ってしまいました。夕霧大将は例の温厚な生真面目な様子で、

『とんでもないことです。どうしてそんな扱いをされていらっしゃるでしょう。紫上は、特別の事情の許にお小さい時から御養育なさったということから、肉親のような御親愛の度が、他人の目にはちがって見えるだけのことです。女三の宮さまのことは、父が格別に何かにつけて特別大切に思っているはずです。そんな

いいがかりは心外ですね』
と、むきになっておっしゃるので、わたしも、
『いや、あなたこそそんないいかげんなことは言わないでください。わたしはすっかり聞いて知っているのです。ずいぶんお気の毒な時がよくあるそうじゃありませんか。あれほど大切にいつくしまれてこられたお方だったのに、今のような扱いはあんまりお気の毒なことではありませんか』
と、言いつのってしまいました。
『いかなれば花に木(こ)づたふ鶯(うぐひす)の
　さくらをわきてねぐらとはせぬ
どうして春の鶯は桜の枝だけにとまらないんでしょうね』
鶯を光君さまに、桜を姫宮さまにたとえて言いますと、夕霧大将は不快さをかくしきれない顔になり、
『みやま木にねぐらさだむるはこ鳥も
　いかでか花の色にあくべき』
と歌って、
『仕方のないことです。まあそう一方的な見解でおっしゃるものではありません』

と、うるさそうなたしなめ顔に言って、この話題をそらせてしまわれ、そのまま別れてしまいました。

夕霧大将は、紫上をみやま木に、はこ鳥（美しい鳥）を光君さまに、さくらを女三の宮さまにたとえられましたが、どう言い訳なさっても、現実に女三の宮さまがお気の毒な状態におかれているのは誰も否定できないでしょう。ああ、こうして書いていても女三の宮さまがお可哀そうで泣けてきます。

あのお方は、もっともっとお幸せになっていい方なのです」

終わりのほうは涙で文字も滲んで乱れているのでした。

この純情というか一途というか、衛門督さまのひたむきさには、何か不気味なものがあって、わたくしは不安な暗い霧のようなものを感じてなりません。母には言えた話ではありませんし、姫宮さまはそれとなくお取次ぎしてみても、一向に心を動かされる御様子もなく、むしろ、うるさそうになさるので、衛門督さまのお手紙は、ほとんどがわたくしの文箱にたまっていくばかりなのです。

衛門督さまは、太政大臣のお邸の東の対をひとり占めして独身生活を続けていらっしゃいます。高貴な身分の女性としか結婚しないというお考えがあっての独身生活ですから、時々はたまらなくお淋しいことがあっても、自分ほどの身分で、どうして理想とする女性と結婚できないことがあろうかと自負していらっしゃったのでしょう。あの子猫のいたずらから、思わず姫宮さまをお見かけして以来は、片恋の切なさがいやまして、ずっとふさぎこんでいらっしゃる御様子です。

あんまりお可哀そうなので、ある日、姫宮さまのあたりに誰もいない時を見はからって、衛門督さまのお手紙を持っていって、

「このお方がこんなに忘れられないとおっしゃって、手紙をおよこしなさるのですが、面倒なことでございます。でも、あまり一途でお気の毒な御様子なので、見るに見かねるいたわしい気持もいたします。自分でもどうしてよいかわかりません」

と、笑いながらお手紙をさりげなくさしだしますと、姫宮さまは、

「まあ、なんていやなことを言うのでしょうね」

と、全くお心にもかけないそっけない御様子で言い捨ててしまわれました。わたくしがお手紙をお目の前でひろげてお見せすると、それでもさっとお目を通され、あの日、御自分が見られてしまったことをお知りになり、みるみる頬を染められ、光君さまがあれほど事ある毎に、

「夕霧にうっかり見られたりしないよう気をおつけなさい。あなたは無邪気すぎてすきだらけだから、つい不注意に人に姿を見られるようなことがあってはなりませんよ」

と御注意なさっていられたことを思い出されたのでしょう。

「見られたことがお耳に入ったら、どんなに叱られるかしら」

と、覗かれてしまったことより、叱られることのほうを怖がっていらっしゃる御様子が、まことに頼りなく子供っぽいのでした。

そのことを苦にして、いつもより興味を示されず、お返事らしい感想もおっしゃいません。しいてお返事をいただく筋でもないので、わたくしは仕方なく引き下がり、いつものように、姫宮さまの御様子を何かと、こっそりと書きつづってお返事がわりにするのでした。

覗かれてしまったことが口惜しかったので、

「この間はさりげないふりでよくも寝殿にお近づきになりましたね。姫宮さまはお手紙に御機嫌を損じていらっしゃいますよ。

いまさらに色にな出でそ山ざくら
およばぬ枝に心かけきと

今更、御恋慕の心をお顔の色に出したりなさいますな。どうせ甲斐ないことですのに」

と意地悪く書いてしまいました。

衛門督さまはわたくしのこの手紙にたいそう御立腹なさったとみえ、しばらくは珍しく音沙汰がありませんでした。
三月の晦日(つごもり)に六条院で賭弓(のりゆみ)の競射の催しがあり、またたくさんの公達がお集まりになりました。今日こそこの間のような粗相があってはならないと、母が口やかましく注意しましたので、こちらの御殿ではみんな緊張して、姫宮さまも奥深くにこもっていらっしゃいました。

わたくしはそれとなく気になって様子をうかがっていますと、賑やかに立ち騒ぐ人々の中にまじって、衛門督さまひとりが際立って沈みこんでいらっしゃる御様子がうかがわれます。どんなに姫宮さまのことを恋い焦がれていらっしゃっても、あんなふうに目に立つほど沈みこんだりなさると、人に怪しまれるのではないかと、はらはらいたしました。

その翌日、あれ以来久しぶりでお便りがありました。

「あんな手ひどい辱められようをしたので、もうふっつりそなたの世話にはなるまいと思ったが、やはり、今日、六条院へ行って、いらっしゃるあたりをそれとなく見ると、あの日の、夢としか思えない奇跡の一瞬が思い出されて、言いようのない物想いにとらわれてしまいました。夕霧大将に怪しまれて、色々親切に慰められると、いっそう気分がふさいでいくのは病気なのかもわかりません。

光君さまを見ると、こんなやましい心さえなければ、これほどのお方があろうかと、只々、賛仰するばかりなのに、今はもうお顔をまともに仰ぐのも面映ゆく心が臆して、やましい気分がするし、あのお方を大切になさらないというだけで憎しみの気持さえ湧いてくるので、自分が自分で恐ろしくなってきます。ああ、せめて、あの子猫を盗み出す手だてはないものかと一晩じゅう思案したりしています」

という、なんだか不気味なものでした。

それからほどなく東宮妃の明石の姫君から、東宮がとてもこちらの唐猫の子猫の可愛らしい噂を聞いて、ぜひ見たいとおっしゃっているとお話がありましたので、姫宮さまはあの子猫を東宮に献上してしまいました。わたくしは、子猫の噂をして無類の猫好きの東宮のお気をそそったのは衛門督さまにちがいない、と推察して、何か気味が悪くなりました。

案の定、それからしばらくすると、せっかくの猫は衛門督さまが、ちょっと貸してくれ、と持ち帰ったまま、いくら催促してもお返しにならないという噂が入って来ました。

東宮は姫宮さまの御兄上に当たられますので、姫宮さまは快く献上したのに、なんということをなさるのでしょう。

今まで動物などに全く興味を示されたことのなかった衛門督さまが、朝起きるなり猫を可愛がってお側にひきつけ、猫もまたたいそうなついて、お裾にもつれてお後を慕い、ねう、ねうと甘えて鳴くのが、女のようだなどという噂が、太政大臣邸の女房たちから、聞こえてまいります。

衛門督さまは、子猫を人間扱いして、話しかけ、見た目にも面映ゆいほどお可愛がりになって、懐にお入れになり、夜もお寝床に入れていっしょにやすまれるので、なんだか気味が悪いなどという話まで伝わってきます。

あとで聞くと、衛門督さまは、東宮に、

「六条院の女三の宮さまのところにいる猫は、それは変わった可愛らしい顔をしていました。ほんのちらりと見ただけですが」

と、お気持をそそるように持ちかけて、猫好きの東宮が、どんな猫だったと、くわしくお訊きになると、

「唐猫で、日本の猫とはやはりどこかちがっておりました。猫はどれでもみな同じようなものですが、やはり利発で、人なつっこいのは、なんといってもとても可愛らしく思われるものですね」

など、ますます東宮がその唐猫に興味を持たれるように話されたそうです。

そして、いよいよ猫が東宮のところに行ったと聞くと、まず参上して、

「ああ、猫のなんとたくさんいること。さあさあ、どこにいるのかな、わたしの

見た人は」

など、人呼ばわりして、すぐあの子猫を探し出し、東宮が、

「可愛らしいけれど、まだ人馴れずに人見知りするようですよ。でもこれくらいなら、ここの猫たちだって、たいして見劣りはしないね」

とおっしゃると、

「そうですね。ここにはたくさんいい猫がいることですし、少し預かってまいりましょう」

と、さっと抱きあげて帰ってしまったというのです。

全く、計画的にあの猫を手に入れられたお心の底を思いやると、その執念のほどもなんだか恐ろしいように思われ、何か不吉なことが起こらねばよいがと祈らずにはいられなくなりました。

葵草

★

あおいぐさ

女三の宮の侍女小侍従のかたる

この世の極楽浄土と呼ばれている六条院の春秋も、女三の宮さまの御降嫁の日から、はや数年が過ぎていきました。

その間には冷泉帝の突然の御譲位などがあり、さまざまな噂や憶測が流れました。その時、明石の女御さまのお腹の一の宮さまが東宮にお立ちになり、光君さまは、やがては天子の御祖父という御立場が約束されたのですから、六条院にとっては、これもまた、お目出たいこととなりました。

わたくしの身の上には、母の侍従の乳母が、ふとした風邪から大事になり、あっけなく世を去りました。息を引き取る直前、急にしっかりした声音で、わたくしに遺言いたしました。

「姫宮さまは、こちらに御降嫁以来、決してお幸せではないのがおいたわしくて、あの世へも行きかねる気持です。いつまでたっても大人びず、お可愛らしいだけで、心もとなくてなりません。紫上さまはじめ、六条院の女君たちはどのお方もすばらしく、とうてい競争できるお相手ではない。姫宮さまの強みは、朱雀院の内親王というお血筋だけです。光君さまのお心の底はわかっています。
わたしが亡き後、お気の毒な姫宮さまを誰が守っておあげになるだろう。小侍従、お前がまた、気立てがいいばかりで、しっかりしていないので心もとなくてならない。どうか身に代えても姫宮さまをお守りするのですよ。光君さまはおやさしく寛大に見えて、芯はとてもきびしい恐ろしいところのあるお方だから、決して油断しないように。わずかな過ちもないよう、姫宮さまをしっかりお守りするのですよ」

そう言い終わるか終わらないかに、母は息を引き取ってしまいました。

光君さまは母の葬儀のために、もったいないほどのお心配りをお示しくださり、とてもわたくし共ではお招きできない叡山の高僧の方々をお呼びくださいました。このようなお慈悲の深いお方を、芯はきびしく、恐ろしいお方などと評した母は、なんという罰当たりかと、わたくしはひたすら恐縮したことでございます。

世間では、姫宮さまの表面だけ大切にされ、内実はないがしろにされたお立場を、とやかくお噂しているようですが、当の姫宮さまはいたって無邪気で、稀にしかお渡りにならない光君さまをお怨みするでもなく、結婚とはこういうものだと思っていらっしゃるようでございます。

色好みの年かさの女房たちが、男君のお渡りが度はずれに少ないため、いつまでたっても姫宮さまが女として開花なさらず、魅力が出てこないのだなど、はしたない噂をしているのを、わたくしは苦々しいことに思っておりました。

そういうわたくしにも、いつの間にか分相応な通う男ができておりまして、出世はしなさそうですが情のあつい誠実な男で、わたくしを幸せにしてくれております。男に愛される喜びが身にも心にもしみ通ってまいりますと、わたくしにもようやく姫宮さまの女としての御運のつたなさが、しみじみおいたわしく思われてもくるのでした。

それでも、朱雀院や帝まで女三の宮さまの御後援をつとめてなさるので、光君さまもその手前もあり、ようやくこの頃では紫上さまと同じくらいにお通いになるようつとめていらっしゃいます。殊に去年の暮れ頃は、珍しく毎晩のように姫宮さまへお渡りになることがありました。

それは今年に当たる朱雀院の五十の御賀を計画なさって、その日の御催しに、院のお好きな音楽の会をなさろうということで、姫宮さまに、琴の特訓をなさるためのお出ましなのでした。

姫宮さまは琴を朱雀院に手ほどきは受けていらっしゃいましたが、琴の当代一の名手でいられる光君さまに嫁がれて六年にもなるので、今はどんなに上達なさったかと、朱雀院も楽しみにしていらっしゃると洩れうかがい、光君さまがあわてて特訓にいらっしゃったというのが実状なのでした。七絃の琴は聖人の楽器として、唐では一番重んじられているとか申します。奏法がなかなか難しいのであまり習う人がないそうで、まして女の弾き手は数少ないと聞いております。

光君さまは冬の月に映える雪の光をたよりに、夜遅くまで手をとって姫宮さまに琴を教えておあげになるのでした。

対の紫上さまは迎春のお支度に何かと忙しく、女君たちの春の御衣裳の心配もそちらでなさるので、お閑もありません。それだから光君さまが、こんなに姫宮さまのところに通いつめられても苦情は出なかったのでしょうか。

そうして暮れも押しせまった月の明るい夜、珍しい旋律の秘曲の伝授もしておあげになったのでした。最初はたどたどしかった姫宮さまのお手も、熱心な御指導のおかげで、めきめき御上達なさいました。

年も明けた正月二十日すぎのことでした。御賀の前に一度、六条院の女君たちの音楽の試楽が行われることになりました。

寝殿で催されるその会に、女房たちもみんな陪席したがりましたが、年輩の音楽にたしなみのある者だけが選ばれました。わたくしは若すぎましたが、ずっと姫宮さまのお琴のお稽古のお側についていましたので、姫宮さまの後見として、特に出席させていただきました。試楽といえばそれまでですが、光君さまを中心にして、互いに愛を分かちあっていらっしゃる因縁の女君たちの競演なのですから、内心どなたも、ひけはとれないと思っていらっしゃるにちがいありません。

御几帳だけで、それぞれの女君たちのお席をへだててありますが、なんとなく香の匂いや御几帳のかげからこぼれるお召物の色合いなどが華やかで、それぞれのお方の御趣味や御様子が察しられるのも気が気ではありません。

夕霧大将が絃の調律にお呼ばれになって、たいそうおしゃれをしていらっしゃいます。

玉鬘の君の御子や、夕霧大将の御子たちが笛を吹くことになって召されています。

それぞれの御几帳の中には立派な敷物を敷き並べて、その上に光君さまから楽器が配られます。

明石のお方は琵琶、紫上さまには和琴、明石の女御の君には箏の琴、女三の宮さまには琴でした。

お琴などの調律もすべて終わって、いよいよ合奏なさいましたが、皆々さま予想以上にお上手で、聞き惚れてしまいました。

優劣はつけがたいそれぞれのお伎倆でしたが、中でも明石のお方の琵琶はいかにも洗練され、古風な重々しい撥さばきが澄みきった音色をひびかせ美しく聞こえます。

紫上さまの和琴は、やさしく愛敬づき魅力的で、なんともいえず新鮮な弾き方をなさり、和琴とも思えないような華やかな音色をお出しになるのでした。ほんとうに何をあそばしても並々でない才能に恵まれたお方でいらっしゃいます。

女御さまの箏のお琴もまた、可憐でこの上なく優美で結構でございました。さて、姫宮さまの琴は、まだ練達のお伎倆とは申せませんが、あぶなげなく、しっかりとお弾きになり、他の楽器にも調子よく響きあい、ずいぶんお上手に上達されていたのはさすがでした。夕霧大将が拍子をとって旋律を譜で歌われました。光君さまもそれにつられて御一緒に声を合わされました。この上なく優雅な夜の御遊びとなりました。

わたくしは楽器を袋から出したり、拭ったりするお役目をいただいたのを幸いに、こんな時こそと思って、それぞれの御几帳の中をさりげなく覗き見しておきました。

紫上さまは葡萄染でしょうか、濃い紫色の小袿に、薄い蘇芳色の細長を重ね、紫系統で統一なさった洗練されたお召物の裾に、見るからに豊かなお髪(ぐし)がありあまって、黒々とたまるほど鮮やかです。お軀(からだ)の大きさなど、ほどほどで、姿つきも申し分なく、あたり一面照り輝くような美しさです。花ならば、爛漫(らんまん)の桜というところでしょうか。

明石のお方は、お歴々の中では、けおされてみえるかと思ったところ、どうしてどうして、身ごなしなどいかにもすっきりしゃれていて、風情があり、たしなみ深そうでゆかしく、なんともいえず気品があってあでやかに見えます。柳の織物の細長に萌黄(もえぎ)の小袿を重ね、いかにも爽やかな色調でまとめていらっしゃいます。お立場上、ことさら卑下したようにひかえめにしていらっしゃるものの、女御の御生母ということもあって、堂々と御立派なのです。人にあなどられるすきもありません。高麗(こま)の青地の錦の縁取りした茵(しとね)にわざと坐(すわ)らず、琵琶をかまえて、ほんの少しだけ撥をさばいた扱いが、音を聞くよりこの上なく立派でやさしく見えます。花ならば五月(さつき)を待つ花橘(はなたちばな)、花も実も共に折りとった香もかくやとしのばれます。

お二方に比べて女三の宮さまは、格別小柄で、まるでお召物だけがかさばってあるようです。女らしくつややかな点は見えないものの、さすが気品の点では群を抜き、お若く美しく、たとえていえば、二月半ばの青柳に、さみどりの新芽がつき、やさしく枝垂れはじめた初々(ういうい)しい美しさとでも申しましょうか。鶯(うぐいす)の飛びかう羽風にも乱れそうに、いかにもか細げでいじらしく、桜襲(さくらがさね)の細長の肩に、たっぷりしたお髪が左右からこぼれかかっているのも柳の糸をよりかけたようです。

女御さまは上品で優美な点は、女三の宮さまと同じですが、も少しこちらは艶(えん)な女らしさが加わって奥ゆかしく、花ならば、咲きみちた藤の花房が夏の朝ぼらけに、並ぶもののない優艶さで咲いているようです。丁度また、御懐妊中なので、ふっくらしたお姿におなりで、御気分がすぐれないのか、お琴を押しやり、けだるそうに脇息(きょうそく)になよなよともたれていらっしゃいます。お小さいので、脇息が大きく見え、とても可憐に拝されるのでした。紅梅の御衣(おんぞ)にお髪がはらはらとかかっているのが、それは美しい御様子でした。

この夜の演奏はどなたもどなたも申し分なく御立派でしたが、姫宮さまの琴は、光君さまの特訓のおかげで、難しい奏法もまちがえず、教えられた通りに、それはお上手にお弾き終えになりました。その音色の澄んだ美しさには、涙がこぼれそうになりました。光君さまも御満足の表情をかくそうともなさいません。

その夜は、光君さまは東の対へお帰りになり、紫上さまは寝殿に残られて、姫宮さまとお親しくあれこれお話しになり、暁方、対へお引き取りになりました。

光君さまと揃って、早々と対へ引き上げるのはあてつけがましいと、お心をつかわれたのでしょう。

こちらの姫宮さまはそんなお心づかいのわかるお方ではないので、緊張がとけて、睡そうにしていらっしゃるのもお気の毒でした。

次の日の夕方、光君さまはようやく姫宮さまの所へお渡りになりました。

姫宮さまは、昨日たいそう上手に弾けたという嬉しさから、今日も琴の練習に夢中でいらっしゃいます。

光君さまは苦笑なさって、

「今日はもう教えるのは御勘弁願いたいですね。師匠にはごほうびをくださって喜ばせないといけないのですよ」

とおっしゃって、琴を押しやり、おふたりで睦まじくお寝みになりました。

こうした折、男君をお迎えする喜びの伝え方も、技巧も知らない姫宮さまの無邪気さは、傍にいてはがゆいほどです。わたくしの密男が、

「女は男次第で、どうにでも変わるものだ。光君さまは、姫宮さまに、はじめから手をぬいていらっしゃるので、姫宮さまがいつまでたっても、色恋に目覚めていらっしゃらないのだ。責任は光君さまにあるとも」

など、下品なことをずけずけ申しますので、飛び上がるほどつねってこらしめ

てやりました。

その翌日のことです。珍しくゆっくりお寝みになり、昼近くまで帳台の中からお出ましになりません。珍しいことなので、わたくしはお声もかけずそっとしておきました。

すると、昼過ぎ、明石の女御さまのお部屋からお使いが見え、さっき女御さまが紫上さまに御消息したら、暁方から御病気になられて大変な御様子だとのことです。それを聞くなり光君さまは顔色を変え、わたくしたちに声もかけられず、あたふたと対へお帰りになられました。

それからは、何しろ大病なのでというお手紙が届いたきりで、姫宮さまのほうへはぷっつりとお足も遠のいてしまわれました。

紫上さまが御重態ということで、朱雀院の御賀のことなど、どこかへ吹きとんでしまわれました。

御祈禱の僧侶たちが入れ替わり立ち替わり訪れて、御加持だ、御修法だと連日大騒ぎしていられる様子です。

「あんなに申し分なくお幸せな方でも、こんな思いがけない目にお遇いになるのね」

「やっぱり、人の世の中って、何が起こるかわからない、はかないものなのね」

「大きな声ではいえないけれど、紫上さまは今年女の厄年の三十七歳なのよ。この御病気でもしものことがあれば、こちらの姫宮さまが名実ともに光君さまの正夫人として権威をお持ちになるのではないかしら」

「しいっ。そんなこと小侍従さんの耳に入ってごらんなさい、また叱られてよ」

「あの人、この頃、すっかり亡くなった乳母さまに似て、口うるさくなったわね」

そんな若い女房たちのはしたない噂なども聞こえてまいります。こちらは、わたくしの母が死んだ上に、年かさの女房たちが次々欠けていって、若い人たちがらちもなく華やかに、毎日遊びほうけて過ごしています。姫宮さまがまた、子供っぽい遊びがお好きなので、それを止めようともなさいません。いくらわたくしが口うるさく言っても一向に貫禄(かんろく)がないので、さっぱりききめがありません。

二月が過ぎても、一向に紫上さまの御容態がはかばかしくないので、光君さまはこの上なく御心配になり、試みに場所を変えてみようと、御病人を二条院(にじょうのいん)に移されました。六条院の人々は嘆き悲しみ、われもわれもと二条院へ移り、御病人のお側にお仕えするので、六条院は火が消えたようになりました。

光君さまは、御病人につきっきりで、夜も寝ないで御看病されているとの噂が伝わってきます。こちらの姫宮さまのところへは、お手紙さえろくに来ず、すっかり途絶えてしまわれました。姫宮さまは、そのことをさほど重大にも感じていらっしゃらず、紫上さまの御病気をただもうおいたわしいと御同情しているだけなのが、なんとも物足りなくてなりません。

紫上さまは、姫宮さまの御降嫁で、ずいぶんお辛いこともおありだったでしょうが、かえって、光君さまの愛情が誰よりも紫上さまに深かったことを知らされたのですから、御安心なさったでしょう。

さて、柏木衛門督さまは、中納言に御出世なさいました。今の帝の御信任が厚くて、今を時めく人物になっていらっしゃいます。御声望が高まるにつけても、例の片想いのお心は一向に衰えず、女三の宮さまの姉君に当たられる女二の宮さまを少しでも御縁につながろうとしてか、北の方にお迎えになられました。女二の宮さまは身分の低い更衣腹にお生まれなので、衛門督さまはどこか見下していられるように拝されます。気を許したわたくしには、

「所詮、代用品は代用品だよ」

などとひどいことをお洩らしになるのでした。それでも人目に怪しまれない程度には、表向きは大切になさっていらっしゃる様子で、お心はひたすら女三の宮さまにだけ向けていらっしゃるのでした。

「それでは光君さまを御非難なさることはないじゃありませんか。同じことをし

ていらっしゃるくせに」

と、わたくしもずけずけ申しあげてしまいます。私の母と、衛門督さまの乳母が姉妹だった関係から、ついこのお方には親しい狎れた口をきいてしまう仲なのでした。

六条院は光君さまの長いお留守でひっそりし、姫宮さまの御身辺も人少ないことを察して、衛門督さまはこの頃しきりにわたくしをお邸にお呼び寄せになるのでした。

人払いさせて、お話はいつも例のことです。

「こんなに長い年月、たったひとりの人に恋い焦がれて、命も縮まるほど思いつめている上、そなたのようないい手づるがあるというのに、一向にその甲斐があらわれないのはなんということだろう。ずいぶん情けないことだ。朱雀院でさえ、光君さまは多くの女君に情をおかけになって、女三の宮さまは紫上さまにけおされて、ひとりでお寝みになる夜が多いなど申しあげる者もいて、いくらか後悔なさり、同じことなら、臣下の真面目にお世話申しあげる人を選べばよかった、かえって女二の宮のほうが、行く末長く平穏に幸せに過ごせそうだと、お洩らしになったとか。なんともおいたわしくて残念でたまらない。女二の宮は同じお血筋の方なので、似ていらっしゃるかと、もらったのだが、やっぱり、同じであるはずもない」

と言って、思わず苦しそうにうめき声をあげられるのです。

「まあ、なんてだいそれたことを」

と呆(あき)れていますと、にやりとなさって、

「そうさ、大体わたしが女三の宮さまに執心して夢中になっていたことは、朱雀院も帝も、あの頃御承知だったのだ。一時は院も、柏木でもいいのだがとおっしゃったことがあるのだよ。いやもう、ほんのもう少し、院にわたしへの同情がおありだったら」

と、おっしゃるので、わたくしは、

「まあとんでもない。とても無理なお話ですわ。朱雀院が光君さまに熱心にお願いあそばしたからこそまとまった御縁ですよ。それに対抗するほどの自信がおありだったのですか。この頃こそ、少し偉そうに御位も上がられたことですが」

と、遠慮なく言いますと、

「もうやめよう。過去のことなどもう話すまいよ。それより、こんなめったにないよい機会をのがさず、姫宮さまのお側近くで、この胸の想いの一端でもお伝えできるよう、後生だからはからっておくれ。そんなだいそれたことは決してしないから」

「まあ、これ以上のだいそれた料簡がほかにあるものですか。なんという恐ろしいお考えでしょう。わたくしはどうしてここへ伺ったのかしら」

と、むくれてしまいました。

「おお、なんとひどいことを言う。あんまり仰々しい口をきかないでおくれ。男女の縁ははかないものだ。女御、后（きさき）といわれる方でも、わけがあって、あだし男と情をかわされることだってある。まして女三の宮さまの御有様といったら、外見はいかにも並ぶ者もない結構な御身分に見えているものの、内実はおもしろくないことがさぞ多いだろう。朱雀院が多くの御子の中でも特に掌中の珠（たま）のように可愛がられていたのに、六条院ではとても同列には扱えない身分の女君たちと一列に扱われ、失礼なことも多いにちがいない。いや、わたしは何もかも、聞いて知っているのだ。男女の仲は不確かなものだ。一概に決めこんで、ぶっきらぼうに、取りつく島もない言い方はしないほうがいいよ」

「人にひけをとっているからといって、今さら別の結構なほうへかわるというわけにもいかないでしょう。おふたりの仲は、ありきたりの世間の男女の仲とはちがうのです。はじめから親子のようなものですから。的外れな悪口ばかり言ってもらいたくないですわ」

しまいには腹が立ってきて、本気で怒りました。衛門督さまは、そんなわたくしをあれこれ言葉を尽くして機嫌をとり、なんとかして、物をへだてても一言お話しできるようはからってくれと、泣かんばかりにかきくどかれるのでした。はじめはなんという無茶な話と、問題にもしませんでしたのに、命にかえてもと思いつめて頼みつづけられると、さすがに断りきれず、

「もし、都合のよい時があったら、何とかしてみましょう。でも、光君さまのいらっしゃらない夜は、姫宮さまのまわりにたくさん女房たちがいて、お寝みになっているすぐ側には、乳母や年かさの女房たちがかならず侍(はべ)っているので、どんなすきをみつけたらいいのやら」

と、約束したものの、当惑しながら帰ってきました。

それからも、どうだ、どうだと、毎日うるさく責められて困りきり、とうとうある夜、首尾を知らせてやりました。

四月十日あまりのことでした。明日は斎院(さいいん)の御禊(おんみそぎ)があるというので、お手伝いにさしあげる女房十二人、そのほか、そう身分の高くない若い女房や童女などは、行列の見物にゆくつもりで、めいめい晴着を縫ったり、化粧などしながら、支度に夢中で忙しく、姫宮さまのお側がいつになく人少なで、ひっそりしていました。いつもお近くに侍っている上臈(じょうろう)の按察使(あぜち)の君という女房も、時々通ってくる恋人の源中将(げんのちゅうじょう)が無理に呼び出して里に下がっていて、わたくしひとりがお

側にいるのでした。

報(しら)せを受けた衛門督さまは大喜びで、たいそう身をやつして気もそぞろに忍んでいらっしゃいました。動転していたわたくしは、御帳台(みちょうだい)の東側の姫宮さまの御座所の端に坐らせてしまいました。後で考えれば、そこまで引き入れるなどなんという軽率なことをしたものでしょう。

姫宮さまは何も知らず御帳台の中で寝んでいらっしゃいましたが、人の気配に、光君さまがいらっしゃったとでも思われたのか身を起こされました。衛門督さまは、いかにも恐れかしこまったふうに近づき、いきなり御帳台の下へ抱きおろしておしまいになりました。姫宮さまは夢でも見ているのかというふうに、目をいっぱいに見開いて男を見上げ、見知らぬ人なので声も出ず震えていらっしゃいます。衛門督さまがくどくどと、長い恋の想いのたけをかきくどくのもお耳にも入らず、ただもう怖がって震え、人を呼んでも誰もまいりません。わたくしはすぐお側にかくれていましたが、現実に起こったことが信じられず、うかつに手引きをした結果の恐ろしさを目(ま)の当たりにして、金縛りにあったようで、身動きもできなければ声も出ず、姫宮さま以上に、わなわな震えておりました。

「数ならぬわたくしですが、こうまで嫌われようとは心外です。昔からお慕いし恋い焦がれる気持を自分ひとり胸に秘めつづけていればよかったのに、たえかねて、御降嫁をお願い申しあげたところ、院からも、もしやという反応をいただきましたので望みをかけていました。それなのに光君さまよりわたくしが一段劣っていただけで、あの方に負けてしまいました。その残念さ、口惜しさが、いつまでも深くわたくしにとりついて、年月が過ぎても一向に消えません。想いがつのるばかりで気も狂いそうなのでこらえかね、このようにだいそれた振舞いをお目にかけてしまいましたのも、いかにもあさはかで恥ずかしいことでございます。この上失礼な振舞いには決して及ばないつもりでおります」

と、かきくどいていらっしゃる声に、姫宮さまもようやく相手が誰とおわかりになったのでしょうが、いっそう気味悪がられた御様子で一言もお返事をなさいません。

「お返事くださらないのも、ごもっともですが、こういうことは世間にありがちのことですのに、こうもきびしいつらいお仕打ちをなさいますと、かえって情けなさのあまり、逆上して自分を抑えきれなくなるかもしれません。せめて、あわれなとだけでもお言葉をかけてくださいましたなら、それをうかがって退去いたしましょう」

そのお声は誠実さと若い熱情にあふれて、わたくしまでお気の毒で涙があふれてまいりました。もちろん姫宮さまはお答えのあるはずもありません。

「お目にかかるまでは、御身分柄、どんなにかおそれ多い近づきがたいお方だろうと思っておりましたのに、なんという可憐な、なつかしいたおやかなお方でしょう。想像していた以上にものやわらかで可愛らしいあなたさまをこのように間近に拝して、もう死んでもいいと思います。ああ、でも、いっそあなたさまをここからかきさらって、地の涯までも逃げ落ちのび、わたくしも世間の暮らしを捨てさり、ふたりきりの生活ができたらどんなに幸せでしょう」

と言いも終わらず、衛門督さまは、姫宮さまを抱きしめると、さっと帳台の中へ連れて入ってしまわれたのでした。あれほど、けしからぬ振舞いはしないと、誓っていながら、次第に自分のお言葉に酔い、理性も礼儀も消え果ててしまったのでしょうか。

わたくしは恐ろしさと意外さに、もうどうしていいかわからず、袖を耳に押しあて死んだようになって、そこから身じろぎもできませんでした。

やがて、忍び音にすすり泣く姫宮さまの泣き声が洩れ、それが次第に高くなり、はては小さな子供のように、ひた泣きに泣く声が聞こえてきます。

「そんなに泣かないでください。やはりこうなる深い前世からの宿縁だったのだとあきらめてください。自分でしでかしたことながら、正気の沙汰とも思われません」

という衛門督さまのお声も、思いを遂げた嬉しさなど一向になく、世にも不幸そうに、陰々としめやかに聞こえます。それからこまごまと、遠い昔の春の日、猫が御簾（みす）の紐（ひも）を引いて、立った姫宮さまを垣間見（かいまみ）たのが、煩悩のとりついたはじめだったと、しみじみとお話しなさるのでした。

「今つい、まどろんだ間に、あの猫が可愛い声で、ねう、ねうと鳴いてわたくしを起こし、それをあなたさまにお返しする夢を見ておりました。どうしてあんな夢を見たのでしょうね」

それにも一言の御返事もありませんが、泣き声だけは次第に弱くなり、ひっそりとやんでいきました。

いつの間にか夜も明けていく気配なのに、帳台の中はしんとして、どちらも身動きなさる気配もありません。わたくしひとりが気をもんでいますと、また男君の声が聞こえはじめました。

「一体どうしたらいいのでしょう。ひどくわたくしを憎んでおいでのようですから、二度とこうしてお話し申しあげる機会も得られないでしょうに、せめてただ一言、お声を聞かせてください」

と切々としてあれこれ訴えつづけて、せがまれるのに、姫宮さまの御返事はやはり一言もないのです。

「ああもう、なんだか気味が悪くなってまいりました。いったい何を考えていらっしゃるのでしょう。きぬぎぬの朝、こうも冷たいあしらいを受けるこんな例は、これまでにもまたとないことでしょう。そこまでお嫌いになるなら、もうわたくしという人間はいらないのですね。いっそ死んでしまったほうがいいのです。命に未練があったればこそ、こうしてお逢いできたのです。その命もいよいよ今夜かぎりと覚悟をきめるのも運命です。少しでもお心にゆるしてくださるというなら、その代わりに命を捨ててもなんの惜しいことがありましょう」

と言いざま、衛門督さまは姫宮さまを抱きあげて帳台の外へ出ていらっしゃいました。

これはまあ、どうしたことかと見ると、衛門督さまは、廂の間の西南の隅にたてかけてある屛風をやおら引き開けて、そこの妻戸を押し開けます。渡殿の南の戸の、昨夜忍んで入ったところがまだそのまま開いており、外は夜明け前のほの暗さがひろがっています。格子をそっと引き上げて、少しでも外の明かりを入れ、なんとかして姫宮さまのお顔を見ようという下心なのだとわかりました。

「こうまでひどい冷たいお心に、正気も失ってしまいました。少しでもわたくしの気持を落ち着けようとお思いなら、せめてあわれな者よとだけでもおっしゃってください」

と、おどすように迫られても、姫宮さまは、やはり子供のように震えていらっしゃるだけの無言の行（ぎょう）です。

その間にも空は明けてゆき、しらじらと光がさしそめてきます。衛門督さまは、さすがに気が気でないらしく、

「心にかかる夢のこともお話ししたいのですが、こうまでわたくしを憎んでいらっしゃるので申しあげますまい。しかしそのうち、いずれ思い当たられることもございましょう」

と言い、気もそぞろに立ち去っていこうとされます。暁方の空の色は秋の空よりも悲しみをそそります。

「起きてゆく空も知られぬあけぐれに
　いづくの露のかかる袖なり」

と詠（よ）みかけ、袖をひきだして涙を押さえながら、出て行こうとなさるのを見て、姫宮さまはようやくほっとなさったのか、

「あけぐれの空にうき身は消えななん
　夢なりけりと見てもやむべく」

あのことが夢だったらいいのにという想いをこめて、弱々しくお歌いになる声が若々しく情趣があります。

わたくしが聞いてさえ腸(はらわた)にしむように辛い気持がしましたのを、帰っていく人は、まあなんとお聞きになったことでしょう。

　この上ない高貴な女性でも、少し色めいた心があって、上べは上品でおっとりみえても、本心はそうでもない気性の人なら、あれこれと男の言い寄るのについほだされ身をゆるして、情をかわすといったお方もあるものですが、こちらの姫宮さまにかぎり、ただもう深い御思慮があるというのではなく、懼(お)じ怯(おび)えてばかりいらっしゃって、いまにもあの夜の秘密を人に気づかれるのではないかと恐れ、後ろめたく、女房の顔もまともに見ようとなさらず、明るいところにもにじり出ることさえなさらなくなりました。いかにも情けない辛い御身の上になったと、嘆き悲しみ、このことが、光君さまに伝わったら、どうしようと、ただもうそればかりに怯えていらっしゃる御様子がおいたわしい限りなのです。

　そうした様子が御病気のようだと二条院に伝わり、光君さまが御心配なさって、久々に六条院にお見舞いにいらっしゃいました。

　姫宮さまはただもう恥じ入り沈みきって、まともにお顔も合わせられないのを、光君さまは、長く捨てておいて来てもあげなかったのをすねていらっしゃるのだととられて、二条院の紫上さまの御容態が一向に思わしくないことなどこまごまとお話しになります。

「あちらにかまけて、こちらへは幾月も御無沙汰だったけれど、一時も忘れたことはないのですよ。今しばらくがまんしてやってください。もうこれがあの人の最期でしょうから……」

　など、しみじみお慰めになるのを聞いていて、こちらまで恥ずかしく、冷たい汗が噴きながれてくるのでした。

ひぐらし

女三の宮の侍女小侍従のかたる

あまりにも長い間、光君さまは紫上さまの御看病にかまけて、二条院に入りびたり、こちらの女三の宮さまは打ち捨てておかれましたので、久し振りでいらっしゃると、いくらなんでもすぐには二条院へお帰りになれず、しばらくは六条院に滞在していらっしゃいました。

その間も、お心は紫上さまのほうに飛んでいて、こちらにいるのは、仕方のない義理だということが、わたくしどもの目にさえありありと見えています。

一日も早く紫上さまの許に帰りたいのをがまんしていらっしゃるので御機嫌が悪く、さすがに姫宮さまにはあたるわけにもいかないので、女房たちにいつになく、きびしい目つきをして、あれこれとお叱りになることが多いのでした。姫宮さまともしみじみお話しになることも少なく、看病で疲れてしまったからなど言い訳をなさり、昼もぼんやりとひとり横になっていらっしゃいます。

心に罪をかくしている姫宮さまのほうでは、むしろ、そのほうがありがたいらしく、お側に呼ばれないのをいいことにして、ひとり琴など弾いていらっしゃるのでした。

そんなある朝、突然、急使が馬をとばして二条院から飛び込んできました。縁側へお出になった光君さまに、顔を真っ青にした急使が平伏して申しあげました。

「たった今、紫上さまが息絶えておしまいになりました」

「な、なんと」

光君さまは縁側に棒立ちになり、はったと急使を睨みつけられました。

「たわけたことをいうな。かりそめにも不吉な嘘を申すと命はないと覚悟せい」

「嘘ではございません。この二、三日は少しお加減がおよろしかったのに、俄に暁方から御容態が急変して御祈禱の甲斐もなく息絶えてしまわれました。乳人の少納言さまから、至急お帰りくださるようにとのことでございます」

急使はそれだけを叫ぶように言い放つと、気がゆるんだのか、がばと前に打ち倒れてしまいました。

光君さまは、急使の介抱を申しつけると、すぐ御車の用意をお命じになりました。

まだ御帳台の中にいらっしゃった姫宮さまに、

「二条の病人が今朝、息絶えたと急使が来ました。とりあえずもどります」

とだけおっしゃって、そそくさとお支度にかかられました。とっさのことで、御挨拶の声も出ないまま、姫宮さまはぼんやりして、のろのろと御帳台をお出ましになりました。

そんな姫宮さまの気の利かなさを、光君さまは振り返るゆとりもおありにならないほど動転していらっしゃるのでした。

光君さまが立ち去られた後、急に六条院は火が消えたようにひっそりとして、もとの静かさと寂しさがもどってまいりました。

光君さまおひとりの存在が、邸のすべてのものを輝かせ、あらゆる生き物の生命をいきいきとよみがえらせるということを目の当たりに見ました。わずか十日にみたない日数でしたのに、なんとその日々が美しく光り輝いていたことでしょう。女房からはした女に至るまで、女という女が、常の何倍か美しく若々しく見えたのも不思議でした。

姫宮さまおひとりは、光君さまが去られた後、かえってほっとなさったようで、

「ほんとうかしら、紫上が亡くなったなんて……ほんとうなら、羨ましいわ」

と、ひとりごとのようにつぶやかれたのが不吉で、ぞっといたしました。

こういう場合には気の利く女房がいて、すぐ二条院の女房に手を廻し、刻々情報を聞きこんできます。

光君さまが二条院にもどられる頃は、あたりの大路までもう急を聞いた人々が立ち騒いでいられたそうです。御殿の中では、誰も彼もが泣き騒いで、女房たちは皆、死出の旅のお供をしようと、泣きうろたえています。

すでに御祈禱の壇をこわし、僧たちも、しかるべき人々は残っているものの、臨時に請じた者たちは、もうばらばらと退出しかけていたそうです。

光君さまは、ついに最期かと思われたのか、悲痛な表情で、それでも気を引きたてて、

「まだあきらめるな。物の怪のしわざということもある。騒ぎたてるな」

とおっしゃって、いっそうあらたかな験力のあるすぐれた僧たちを集めて、加持をし直されたそうでございます。

「この世の御寿命が尽きられたにしても、もうしばらくお命をお延ばしください。定まった命さえ転ずるという不動尊の御誓願もあることでございます。六か月だけでもお延ばしください」

僧たちは、頭から黒煙を立てそうなほど、奮いたって祈ったそうです。

「ただもう一度だけでも目を開けて、わたしを見てください。はかない御臨終に

も立ち会えなかったのが、なんとしても残念で口惜しい」

と、悔やまれながら、取り乱していられる光君さまの御様子は、今にも、後を追われそうで、はたから見ていても痛ましくはらはらしたということでした。

そのうち、しばらくあらわれなかった物の怪が、突然女童にとりつき、大声で何か叫びののしるうちに、紫上さまが息を吹きかえされたのだそうです。

光君さまは狂喜なさると同時に、再び物の怪に取り殺されはしまいかと心配で、いっそう祈り伏せられるうち、物の怪が苦しがり、

「人は皆行ってしまえ、光君さまにだけ申しあげたいことがある。わたくしをこの月頃祈りこらしめられるのが情けなく辛いので、同じことなら、この恨みを思い知らせて、紫上を取り殺そうとしたけれど、あなたが命も失いそうなまで骨身を砕いて取り乱し心配していられるのを見ると、今こそ、こうして浅ましい魔界に堕ちてはいるものの、昔の愛執の想いが残っていればこそ、物の怪ともなって、ここまで来たのですから、あなたの苦しみ嘆くのを、よう見過ごさないで、とうとう正体を現してしまいました。決してわたくしだとさとられまいと要心していたのに」

と言い、髪を顔にふりかけて泣く様子を見て、光君さまは、おぞましそうに顔をそむけながらも、気強く女童の手をとらえて引き据え、それ以上、みっともな

く荒れさせもせず、

「ほんとうにその人か。悪狐などの狂ったのが、亡き人の名をかたり、辱めることがあるとか聞く。はっきりと名乗れ。外の人が知らないことで、わたしひとりにはっきり思い出されることを言ってみよ。そうしたら、信じてやろう」

とおっしゃると、女童は、はらはらと涙をこぼしてひどく泣きながら、

「わが身こそあらぬさまなれそれながら
　そらおぼれする君はきみなり
　ほんとにひどい、つらい」

と泣き叫ぶ中にも、恥ずかしそうなしなをつくる様子がなんとなく優雅だったといいます。万一、光君さまに異変があってはと、すぐ傍の物かげから一部始終を覗いていた者のいうことですから、まちがいはないでしょう。物の怪はさらに、しみじみとした声になり語り続けます。

「中宮（秋好中宮）のことをいろいろ親身にお世話くださるのは、大変嬉しく、宙を迷いただよっている魂にもありがたく思っていますものの、幽明境を異にいたしますと、わが子のことまでは深くは思われないのでしょうか、やはり、自分自身が、ほんとにひどいお方と怨んだ執念だけがなくなりもせず留まっているのです。

その中にも、生前、人より軽んじて見捨てられたことよりも、仲睦まじい紫上との寝物語に、わたくしのことを心のねじくれた扱いにくい女だとおっしゃったことが、ひどく恨めしくてなりません。今となっては、死者だからと大目に見て、他人が悪口を言っても、打ち消してかばってくださるのがお立場ではないかと、心底口惜しく思ったばかりに、こんな恐ろしい化生になり果てて、この方に取り憑いてしまったのです。この方を深く恨んでいるわけではないのです。でもあなたは神仏の御加護が強く、しっかり身を守り固めていらっしゃるので、近づくことができず、今もお声だけがかすかに聞こえています。

もうこの上は、せめてわたくしの罪が軽くなるよう法要を営んでくださいませ。修法よ、読経よと大騒ぎすることも、わたくしにとっては苦しく、つらい焔となってまつわるばかりで、少しも耳には聞こえてきませんので、たいそう悲しゅうございます。中宮にもあなたからようくお伝えくださいまし。決して決して、人と寵を争い、嫉み心など起こさないように。斎宮として神に仕えていた間、仏事をおろそかにした罪が少しでも軽くなるよう、必ず功徳を積むようにと言ってください。ああ、こんな妄執の鬼になり果てるとは、ほんとうに口惜しい浅ましいことでございます」

など言いつのります。光君さまは黙って聞いていらっしゃいましたが、物の怪のついた童を一室に閉じこめ、紫上さまを、そっと他の部屋に移されたそうでございます。

紫上さまが亡くなったという噂(うわさ)がぱっと広まってしまい、その間も二条院は弔問客でごったがえしだったということです。縁起でもないと光君さまは怒られたそうですが、どうしようもありません。

町へ祭見物に出た者が帰ってきて申しますのに、

「大変なことになったものだ。あれだけ幸運な方が亡くなられる日だから、今日は雨もそぼ降るのだろう」

「こうまで何もかも揃(そろ)いすぎた御運の方は、えてして長寿は保てないかもしれませんね」

「待てといっても、桜は散るからこそ美しいという古歌もありますよね」

「こんな方がいつまでも世に時めいて永らえていらっしゃれば傍迷惑(はためいわく)というものです。これでやっと女三の宮さまも、本来の地位にふさわしい御寵愛(ごちょうあい)が受けられるでしょう。今までは、まったくお気の毒なほど亡くなった方にけおされていましたからね」

などと、人々は口々に言っていたというのです。

それでもまあ、紫上さまはよくよく御運の強いお方なのでしょう。一度死んだ身で、また蘇生(そせい)されるなどということがあるものでしょうか。

柏木衛門督(かしわぎのえもんのかみ)さまは、相変わらず、姫宮さまに執着なさり、わたくしを呼び出しては御様子を探ろうとなさいます。

「この間は、紫上が亡くなったと聞いたので、仕方なく弟たちと御弔問に上がったら、幸い生きかえられた。その時、恐ろしくて光君さまの顔が見られなかったよ」

「それはそうでしょうとも」

わたくしはせいぜい意地悪く言ってやりました。

「応対に出た夕霧大将(ゆうぎりのたいしょう)が、目を泣きはらして、ひどく悲しんでいた。血もつながっていない継母(ままはは)の死だけでああも悲しむだろうか。怪しいものだね、あれは」

「御自分のみだらさにひきつけて、誰でもみんなそんなことを思ったり、したりすると考えるのは、まちがいですわ」

「それはともかくとして、光君さまは、紫上が蘇生されたので、二度と急死などされないようにと、今度こそ片時もそばを離れず御看病だそうだ」

「ずいぶんよく御調査がゆきとどいていらっしゃいますのね」

「そりゃそうさ。あちらの出方次第で、わたしの切ない恋の行方(ゆくえ)が決まるのだから」

「紫上さまがどうしても出家を望まれるので、せめて戒を授かるとお元気が出るかと、お頭の頂をほんの形だけ挟み切って、五戒だけ受けさせておあげになったということはご存じですか」

「もちろんさ。その時、光君さまは、みっともないほど紫上に寄り添って、泣きながら念仏をとなえていらしたというではないか。この頃は、紫上の御看病にばかり一心になって、まるでぼけたようなお顔つきになって、少しやつれていらっしゃるということだよ。なんといってもお年だものね」

　衛門督さまとしては、光君さまが六条院にお帰りにならないことが何より望ましいことなので、そんなお噂をむしろ嬉しそうになさいます。

　五月頃は雨が多く、さっぱりしない天気の中で、紫上さまの御容態ははかばかしくはなく、しつこい物の怪はまだ去ったというわけではないようです。

　夏の暑い盛りには、また一段とお弱りになった御病人を見て、あんまり光君さまがお嘆きになるので、御病人も、光君さまのためにもとお気を引き立て、お薬もつとめて口になさるようになり、少しずつ快方に向かわれだしたということでした。

　光君さまはその御容態に一喜一憂して、六条院へはあれっきり、ぷつりともいらっしゃらないのでした。

こちらの姫宮さまがまた、なんとなく御様子が悪くなり、夏と共に食欲も全くなくなり、青ざめやつれ果てていらっしゃいます。

衛門督さまは光君さまのいらっしゃらないのをいい都合にして、わたくしを責めたてては、思いに耐えかねると、忍んでいらっしゃり、夢のようにはかなく姫宮さまにお逢いになるのでした。

姫宮さまはどこまでも、無体なとお思いになり、せっかくの衛門督さまの優美さも、目に入らず、光君さまに事の露見するのを懼じ恐れていらっしゃいます。お近くお仕えするわたくしの目には、もう姫宮さまの御懐妊が疑うべくもなく目に映ってまいりました。お好きでもないお方のお胤を宿すはめになるとは、なんという御不運な宿命を負っていらっしゃるのでしょうか。

姫宮さまのお加減がお悪いと御報告しても、一向にお見舞いくださらなかった光君さまが、どうしたことか、全く、久し振りで、六条院へふっとおもどりになり、姫宮さまを見舞われました。

姫宮さまは例の秘密を抱いている辛さから、ろくにお目もあわされず、何を訊かれてもお答えもはかばかしくせず、ただうつむいて顔をそむけていらっしゃいます。光君さまは、そんな御様子を、なんといっても、あまり打ち捨てておいたので、すねていらっしゃるのだろうとお取りになった御様子でした。

年輩の女房をお呼びになり、御容態をお訊ねになったので、何も知らない女房は、

「御懐妊の模様でございます」

と、誇らしげに申しあげました。

「ほう、それはまた不思議なこと。宮が来られてもう、七、八年にもなる。今頃になって珍しいこともあるものだな」

とおっしゃったまま、格別本気にもなさらないようで、そのことについては深くも訊かれず、ただ姫宮さまのお苦しそうなのを、可哀そうにといたわっておあげになります。

その間も、二条院の御病人のことが御心配で、ひっきりなしにお手紙をお書きになっていらっしゃいます。

「いつの間に、ああもお話がたまるのでしょうね。これではこちらの姫宮さまの前途も全くあやぶまれることです」

何も知らない女房たちが、そんな愚痴を言いあっているのを聞くにつけ、わたくしひとりははらはらして、気が気ではありません。

衛門督さまは、光君さまが六条院にもどられたというだけで、嫉妬の念が抑えきれず、あれやこれやと、苛だつ心中を書きつけたお手紙を、わたくしまで届け

てよこします。

光君さまがちょっとお側にいらっしゃらない間に、わたくしはその手紙を姫宮さまにお渡ししました。

「いやなものを見せるのね……いっそう気分が悪くなる……」

と、うつ伏してしまい見向きもなさいません。

「ただはじめのほうだけでも御覧になってあげてください……それはお気の毒ですから……」

と言いながらひろげた時、人が来たので、わたくしはあわてて御几帳(みきちょう)をひきよせ、その手紙をそこに置いたまま、出てしまいました。

その夜のうちに、もう光君さまは二条院へお帰りになる御様子です。あのお手紙はどうなさったかしら、ちゃんとかくすか、破るかなさっただろうかと、不安になってのぞきに行くと、その日一日中、おふたりで横になっていられた昼の御座所で珍しくしんみりとお話ししていらっしゃいました。やれやれと胸をなでおろし、聞くともなくおふたりの会話を次の間で聞いていました。蜩(ひぐらし)がはなやかに啼(な)きたて、あたりはたそがれめいてきています。

「ああ、ついうとうとしていた。蜩の声で目を覚まされたのですね。さて、あなたのほうは、どことい って悪い様子でもないので安心しました。あちらはまだ癒(なお)

るともきめられない不安定な状態です。今となって見捨てたと思われるのも詮ないので、面倒を見ているのですよ。あちらばかり大切にするなど、ろくでもないことをお耳に入れる者もいるようですが、わたしを信じて、そんな無責任な言葉にまどわされないようしてください。今にわたしの真心をたっぷり見せてあげますから」

　こまごまとお話しになる御様子は、たとえその全部が嘘であっても、女ならやはり嬉しく思わないではいられないように情がこもっているのです。

「それでは道の暗くならないうちに」

とつぶやかれてお着がえをなさるのを、横から姫宮さまが、

「『月待ちて』とも申しますのに」

と初々(ういうい)しいそぶりでつぶやかれました。

　　夕やみは道たどたどし月待ちて

　　　帰れわがせこその間にも見む

　という古歌をひいての珍しく情のこもったお言葉です。

「月の出までも、一緒にいたいと引きとめてくださるのか」

と、光君さまもつぶやかれ、立ちどまられました。

「夕露に袖ぬらせとやひぐらしの

鳴くを聞く聞く起きて行くらむ」

まだ少女のように素直に、思うままをなんの技巧もなく詠まれるのが可愛(かわい)らしいと思われたのか、膝をついてしまわれ、

「さあ、困りましたね。こんな可愛いことをいわれると振り捨ててもゆけない」

と、ほっとため息をおつきになるのでした。

そしてありありと、紫上さまを御心配になりながら、今夜は姫宮さまのいじらしさに、とうとうそのままお泊まりになってしまいました。

わたくしは、このやりとりの一部始終を物陰から見ていて、なんだか恐ろしい気持に襲われました。姫宮さまのなさることは昔からすべて、全く作意がなく、天然のままの神のようなお心を素直にお出しになるだけなのです。

今夜のことにしても、決して、光君さまを紫上さまから一夜でも引きはなして、御自分のところに引きとめたいなどみじんも思ってはいらっしゃいません。ところが、光君さまのお目を盗み、危ない恋をする身の上になってから、男君(おとこぎみ)の燃えるような命がけの熱情を、全身にお受けになっているうち、自然に、お身もお心も、それとなく成長して、蕾(つぼみ)の花がふくらみややわらかく開きかけるように、男女の情も自然にわかりかけてきたのではないかと思われます。

男君の深情けを断りきれず、罪の意識にさいなまれながら受けるうち、父親の

ように大きく包みこんで愛してくれる光君さまが頼もしくなつかしくなり、帰っていかれるとまたあの恐ろしい罪の恋の炎に焼き尽くされるのかと、思わずお袖にすがって、もっといてほしいと願われたのではないでしょうか。はからざる媚(び)態(たい)とでも申しましょうか。そんな気配が、あまりにつくろわない清らかさで可憐(かれん)に滲(にじ)み出たため、光君さまはつい、帰りづらくなり、泊まっていかれたのだと思います。

ああ、でもなんという運命でしょう。この夕べ、蜩の声に誘われたまま、光君さまが紫上さまの病床へ帰っていかれていたら、その後に起こった恐ろしい運命が、姫宮さまの上を素通りしたかもしれないのです。

翌朝、まだ朝の涼しいうちに起き出された光君さまは、

「昨夜の扇はどこに落としたのかな。これはあまり風が涼しくない」

などつぶやかれ、昨日の昼間、おふたりでうたた寝していらっしゃったあたりをうろうろされてお探しの御様子でした。

わたくしがお帰りになる車のことなど手配してもどってまいりますと、さっきのお座敷で女房がお鏡をさしかけ、他の女房がおぐしを直しているところでした。光君さまは、そうされながら膝に手紙をひろげ、それを眺めていらっしゃいます。その紙の色を見たとたん、わたくしはあっと、息も止まるほどになりました。昨

日の衛門督さまのお手紙と同じ浅緑の薄様(うすよう)ではありませんか。まさか……そんな馬鹿なことが……いくらなんでもと、打ち消す片端から、どう見てもあれにちがいないと思われ、生きた心地もありません。

あわてて御帳台をのぞきますと、姫宮さまは久し振りの光君さまの愛撫(あいぶ)に疲れ果てて、まだぐっすり眠っていらっしゃるではありませんか。たまらなくなって、わたくしは揺り起こし、顔を近づけ、

「昨日のものはどうなさいました。今、光君さまがあれとそっくりの手紙を見ていらっしゃいましたよ」

と申し上げると、びっくりなさり物も言えず、後から後から涙をこぼされるばかりなのです。

「いったい、どこにお置きあそばしたのです。あの時は人が来たので、怪しまれてはと、あわてて出ましたけれど、あれから光君さまがいらっしゃる間に少しの時間がありましたから、適当におかくしなさったものと思っていました。どうなさったのです」

とたたみかけると、

「さあ、どうだったかしら……手紙を見ているところへいらっしゃったので、あわてて茵(しとね)の下にひきはさんだのだけれど……すっかり忘れてしまって……」

もう呆れて言葉もありません。昨日の茵の下をしらべに行きましたが、もちろん影も形もないのです。

「なんということでしょう。衛門督さまも、それは事のばれるのを恐れていらっしゃって、光君さまに目があわせられないほど怯えきっていらっしゃるのですよ。まだあれから何ほどの日数が経ってもいないのに、もうはや、こんな失態をしてしまうなんて……大体あなたさまが、いつまでも無邪気すぎ頼りなくて、いつかもあんなふうにうっかり、お姿を見られてしまったことから起こった問題なのですよ。あれ以来、衛門督さまが御執心なさり、この幾年というもの、思いつめ焦がれて、こんな事態を招いてしまったのです。わたしを責め続けて、お逢わせしないと恨まれましたけれど、まさか、こんな深みに入っておしまいになろうとは……こうなってはどっちにしてもどなたのためにもお気の毒なことになるでしょうね」

と、遠慮も忘れてつい、言いつのってしまいました。御主人といっても、昔からの乳姉妹だし、馴れ馴れしい仲なので、思わず失礼なことを言ってしまったのに、姫宮さまは、怒る気力もなく、言葉もなくひたすら泣いてばかりいらっしゃるのでした。

光君さまがお帰りになった後も、御気分が悪くなり、何も召しあがらず、苦し

んでいらっしゃるのを見て、事情のわからない女房たちは、

「こんなに妊娠で苦しんでいらっしゃる方を打っちゃって、もうほとんどよくなられた御病人のほうへおもどりになるなんて、ほんとにひどいお仕打ちだこと」

など恨み言をいうのが、わたくしには片腹痛い想いなのでした。

それっきり、光君さまは一度も姫宮さまをお見舞いくださらないばかりか、お手紙さえ途絶えがちになってしまいました。もうあの手紙ですべてを悟られたと思うほかはありません。

姫宮さまは、もしこのことが御父上朱雀院さまのお耳に入ったらどうしようと、案じ苦しんでいらっしゃいます。

衛門督さまからは、相変わらず、やいのやいのとわたくしに言ってきますが、わたくしはもう恐ろしくなって、事の次第をすっかりお話ししてしまいました。

衛門督さまは、聞くなり真っ青になって、いったい、どうしてそんなことになったのか、こうした密事はいつか時がたつと自然に洩れて知られると思っただけで、恐ろしくて空に目があり見据えられているようだったのに、密会の事実をこまごまとあからさまに書きつらねたあの手紙を見られた上は、もはやどう言いのがれのしようもない、どんなとがめを受けるだろうと怯えきり、朝夕、涼む場もないほどの酷暑だというのに、全身が恐怖に冷え凍るようだと、しょげかえら

れます。

「つねづね、人一倍目をかけて可愛がってくださっただけに、そんなこととわかれば、どんなにか憎まれるだろう。顔をあわすのも恐ろしいけれど、全く行かないのも人に怪しまれよう。もう自分の前途は真っ暗だ。生きてもいられない」

など、弱気なことを書いておよこしになる筆つきさえ乱れて、衛門督さままですっかり御病人のようになってしまわれました。

それでもさすがに、そんな中にもどんなに姫宮さまが苦しんでいらっしゃることかと、お案じ申しあげているのは哀れです。

そのうち、光君さまのお気持は幾分なだめられたのか、またお見舞いくださるようになりました。

御安産のための祈禱など形通りに華々しくお命じになってくださる上、日常のお世話はむしろ、昔より気をくばってくださるので、女房たちは、やっぱり御懐妊したからだと思い、まるでそれだけで、御子(みこ)の産めない紫上さまに勝ちほこったように嬉しがっているのも愚かです。

わたくしはこのことを光君さまが紫上さまに打ち明けられるところを想像しただけで、もう身も世もなく恥ずかしく、姫宮さまのために苦い涙が噴きこぼれてまいります。

光君さまは人の目のあるところでは、これまでと変わりなく、姫宮さまを大切に扱っていらっしゃいますが、ふたりきりになった時には、これがあのお方かと思うほど、すっかりお人が変わられ、実に冷たい、意地悪な態度をとられ、姫宮さまを苛めぬかれるのでした。決して荒い言葉を口にしたり、手をかけたりはされないのですが、

「みんなわかっていますよ。胸に覚えがあるでしょう。いくらお人よしのわたしでも、わたしを裏切ったあなたを抱いたりはできないのです。世間の手前、まあ、普通にしてみせているだけです」

と、それも口には出さず、いやというほどの冷たさで示されるのですから、単純な姫宮さまは、どうそれに応えてよいかわからず、射すくめられた虫のように、おどおどなさって、目もあげられないほど怯えきっていらっしゃいます。

姫宮さまは、おっとりしたお人柄から、時々無邪気に思いがけない面白い冗談などおっしゃって、光君さまを涙の出るほど笑わせることなどおありだったのに、もうこの頃では、糊をはったような表情に、ちらとも笑いの影も浮かべず、瞳は恐怖と恥で凍りついたようになっていらっしゃいます。

おいたわしくてたまりません。光君さまの恐ろしさというものを、今度ほどまざまざと見せつけられたことはありませんでした。

御自分はもうさんざんしたい放題の恋の遊びを楽しみながら、女がこんなあわれなまちがいを起こした場合、どうしてこうも冷たく無慚（むざん）なまでに許されないのか。わたくしは次第に口惜しさから腹が立ってきました。

そんなに妻を寝とられることが口惜しいなら、三百六十五日、夜も昼も一緒にいて、蟻（あり）の通るすきまもないまでに、見張っていればいいではないかと、言ってやりたくなります。

もちろん、わたくしが衛門督さまの熱情に負け、よからぬ手引きをしたことにすべての責任はございます。

でもあの頃、すでに結婚して七年もたつというのに、名だけの正妻で、誰の目にも本当の愛妻は紫上さまだと思いこませる態度を取りつづけられた光君さまは、姫宮さまに対して言い訳のしようもないほどむごいお仕打ちだったといえましょう。

はじめは、まだ子供同様で嫉妬の情さえ知らなかった姫宮さまも、六年も過ぎた頃からは、御自分の立場がわかってこられ、夜離（よが）れの続く夜などは、何度も寝がえりを打ち、そんな朝はお茵がぐっしょり涙で濡（ぬ）れていることもたびたびあったのです。

わたくしひとりしか知らない姫宮さまのお淋（さび）しいお心のうちだったればこそ、

命をかけて恋い慕ってくれる衛門督さまの若々しくまぶしい熱愛に、つい手をかしてしまう気にもなったのでございます。

ええ、もう、はじめから、わたくしは姫宮さまが堕ちられるなら地獄の底までお供する覚悟でございます。

姫宮さまが斬られるなら、刃の下にわたくしの身を投げかけて先に斬ってもらう覚悟でございます。

虫のようなはかない女にだって、命より大切な意地というものがございます。

浮雲

★

うきぐも

朧月夜のかたる

いつ頃から出家したいと思いはじめたのでしょうか。はじめてそれを切実に考えたのは、光君さまがわたくしとの密会の現場を父の右大臣に発見され、それが原因でおとがめを受け、須磨へ流されるという、思い出しても身の凍るあの事件の後でした。

わたくしのほうでは、弘徽殿大后と父に手きびしく叱られ、わたくし付きの女房たちはすべてまわりから遠ざけられ、大后や父の女房たちばかりに、眠っている間も監視されて、一切の自由を奪われ謹慎させられていた、あの時でした。

須磨へ下った光君さまからは当然、なんの音沙汰もなく、たとえあったとしても、わたくしの手に渡るはずもなかったのです。世間からは、歴史にも残るふしだら女よと嘲笑されていると、大后に叱られ通し、わたくしは恥と淋しさで気が狂いそうな毎日でした。

食事も咽喉に通らず、もう盲いてしまってこの世のすべてが見えなくなればいいと思い、泣き暮らしていた日々でした。悲しみのどん底まで落ちた時、そうだ、出家してみ仏さまに仕え、あの方の御無事を祈り、もう一度逢わせてくださいとお願いしたら、み仏さまもわたくしたちを可哀そうと思われて、この世でもう一度逢わせてくださるのではないだろうかなど、罰当たりなことを思いついたのです。

でも、髪をおろし、鈍色の法衣をつけた自分の姿を想像しただけで涙があふれ、そんな姿では光君さまにはもうお目にかかるのも恥ずかしいと思い、自分の心の中で、出家願望は三日と保つことができませんでした。

一年ほどして、自分ではもはや生ける屍と思っているのに、大后や父に無理矢理宮中へ戻された時は、どうして早く出家しておかなかったかと悔やまれました。

朱雀帝はそういう心の死にきったわたくしをも、この上なくあたたかく迎えとってくださり、どの女御や更衣たちよりも愛してくださるのでした。

帝のおやさしさと愛情の前には、わたくしのかたくなで不埒な心も恥じいり、氷が春の陽にとけるような素直さで、身も心もやわらかくなだめられ、年相応の瑞々しさも取りもどしてきたのでした。

この帝のかぎりなく深い御恩寵に対しては、もう二度とふたたび、かりにも裏切るようなことがあってはならない、生涯かけてこの愛情にお応え申しあげようと決心し、須磨の人のことは決して決して思い出すまいとひそかに心に誓ったその頃、帝は重い眼病にかかられ、すっかり気がお弱りになりました。御一緒にやすんでいても、夜中にひどく苦しそうにうなされることが多く、起こしてさしあげると、

「また恐ろしい夢を見た。故桐壺院があらわれて、恐ろしいお顔でわたしを睨みつけていらっしゃるのだ。この目の病も、あの眼光に射すくめられたせいかもしれない」

と、さめざめ泣かれ、

「わたしは故院の御遺戒にそむいた報いでどうなってもいいけれど、盲いてしまってあなたを二度と見られなくなったり、死んでしまってあなたを見守ってあげられなくなるかと思うとたまらない」

そういいながら、わたくしを狂おしくかき抱かれるのでした。

そうした日がつづいた後に、帝は、須磨の光君さまに御赦免状を出され、都へ御召還なさいました。

光君さまが都にお帰りになったと聞いただけで、わたくしの決意も何もたちまち霞のようなはかなさで消え果ててしまったのです。光君さまに辛い御苦労をさせたまま、自分ひとり帝の御愛情に甘えてぬくぬく暮らしてきた自分の罪が恐ろしく、その一方では、立場上、やはり二度とはお逢いできないと思うと、胸がふたがり、生きる甲斐もなく思われてしまいます。そんなわたくしの心の底の底まで見抜いていらっしゃる帝は、ある夜、わたくしにしみじみと話されました。

「故院のお怒りもとけたのか、頑固な眼病も薄紙をはがすようによくなった。わたしの次にすることは、退位して東宮に位をゆずることです。わたしの一番身近にいるあなたは、もうわたしの決意をとうに察していられたでしょう。この頃、あなたが時々涙を浮かべて心細そうにため息をついているのは、そのせいなのでしょう。大臣も亡くなってしまい、大后もすっかり病気がちでもう昔の元気はさっぱりありません。あなたの頼もしい後見がこんな有様な上、わたしも、どうやら余命がそう長くもない気がします。そうなれば、これからのあなたはしっかりした後見も失い、どんなに心細い変わりはてた境遇になることか、思っただけで可哀そうでたまりません。昔から、あなたは誰かさんに心を奪われて、わたしをずっとあなどってこられたけれど、わたしのほうはいつでも自分の愛情が誰よりもあなたに強く向かっているのが習性になってしまって、ひたすらあなただけがいとしくてならないのです。わたしよりすぐれたあの光君がふたたび、あなたの願い通りあなたとよりをもどされたとしても、これほど強い愛情という点では、とてもわたしほどではあるまいと思うと、あなたが可哀そうでたまらないのです」

といってお泣きになります。わたくしも悲しくて共に涙をこぼしてしまいました。

「ああ、泣いてうちしおれているあなたがどうしてこう可愛(かわい)いのだろう。ほんとになぜあなたはわたしの子をひとりでも産んでくれなかったのだろうか。それが残念でたまりません。宿縁の深いあの人との間には、きっとそのうち御子(みこ)を持たれることだろうと思うさえ口惜(くや)しくてたまらない。しかし御子が生まれたところで、身分は越えられないから、その子は臣下としてお育ちになるしかありませんね」

など、行く末のことまで細々と予言なさるので、わたくしは恥ずかしいやら辛いやらで顔もあげられません。

帝のお顔やお姿はこの上なく優雅でお美しく、わたくしへの御愛情は年月と共に深まるばかりでもったいないほど大切に扱ってくださるにつけ、光君さまは、すばらしいお方にはちがいないけれどつくづく考えたら、それほどわたくしのことを深く愛してはくださらなかったことや冷たいお心ばえなど、あれこれ思い出されて正確に見えてくるのです。今となってはどうして、幼稚だったとはいえ、あんな大騒動を引き起こして、自分の名誉はいわずもがな、光君さまにもあれほど大きな御迷惑をおかけしてしまったことかと、思い出すだけでもわが身が情けなくいとわしく思われてなりませんでした。

翌年の二月の二十日あまりに、とうとう帝は十一歳の東宮さまに御譲位あそばしてしまいました。病気の大后は思いもかけない成行きにすっかりあわてて、がっかりなさったようでした。

光君さまは内大臣になられて、ただちに摂政（せっしょう）になられました。新帝にとっては御兄君に当たられるのですから、これほど頼もしい補佐はまたとないことでしょう。

朱雀院となられてからも、わたくしは院の御所にひきつづきお仕えして、これまで以上にかぎりない御寵愛をいただきました。

一度だけ、六条御息所（ろくじょうのみやすどころ）のお遺（のこ）しになった斎宮（さいぐう）の姫宮が、伊勢（いせ）からおもどりになった時、お心を寄せられて、院にお召し寄せになろうとなさったことがあります。この斎宮が伊勢にたたれる前、宮中に御挨拶に見えた時の美しさを忘れがたく思われていらっしゃったからでしょう。もし、そういうことになって院の愛が若いそちらに移ったとしても、それはもうしかたがないことと思いあきらめておりましたのに、わたくしの運が強かったのか、斎宮は、光君さまと藤壺の入道の大后さまとのおはからいで、なぜかずいぶんお年もちがう若々しい帝の女御として入内しておしまいになりました。

そんな次第で朱雀院は失恋しておしまいになりました。

体裁が悪いので、もうお便りなどはふっつりとおやめになりましたが、いよいよ御入内の時にはそれはお見事な数々のお祝いをさしあげられました。わたくしにも御相談くださるので複雑な気持でしたが、院の御心中をお察しして、心をこめてその品々をお選びしたことでした。

「今度のことは、光君がわたしの心の中を知っていながら、わざと藤壺の入道の大后をかついで、強引に事をはこんでしまわれたのです。やっぱり光君は心の底にわたしへの深い恨みを持っていて、こんな時、復讐しようとするのでしょう」

など寝物語にお話しなさるのでした。

「もしかしたら、光君さまも前斎宮さまに御恋慕していらっしゃったので、邪魔をなさったのかもしれませんわ」

わたくしがつい心に思っていることを申しあげたら、

「なるほど、やっぱりあなたのほうがあの人の心の底は見抜けると見える」

と珍しく明るくお笑いになりました。

光君さまが明石で御子をもうけられ、その御生母と共に嵯峨に引き取られたなどという話も世離れた静かな院にも伝わってきましたが、今更おどろきもいたしませんでした。

都に返り咲かれてからは、この世の栄華を一身に集められ、目ざましい御栄達の道をひた走りつづけられる御運勢にも、わたくしは動ずることもありません。ただ、六条院を築かれ、愛する女君たちをお集めになり、お住まわせになった時は、ふっと、わたくしも院からおいとまをいただいていたら、その女君の数の中に加わっていたかもしれぬなど、夢のようなことが心をかすめたこともありました。

まさかその六条院に朱雀院の女三の宮さまが御降嫁になるなど、誰が予想できたことでしょう。院はかねがねわたくしにも、

「この世であなたに匹敵する愛情をわたしに持たせているのは女三の宮だけですよ」

などおっしゃっていられました。この姫宮さまに対する院のおいつくしみは、傍目にもおいたわしいほどのものがありました。

姉の四の君と、太政大臣の間に生まれた柏木衛門督が、この姫宮さまをお慕

いして、姉からわたくしに院へとりなしてくれといってきたりして、わたくしも姫宮さまの御縁談にはふり廻されたこともありました。ただ、この御縁談だけは院が異常なほどお心を悩まされ迷いつづけられて、わたくしのお願いにさえ耳をかしてくださらなくなっていたので、姉も衛門督もわたくしを頼り甲斐のない者と見限ったようでした。

わたくしにはこの姫宮さまの御縁談よりも院のお軀のことが心配でなりませんでした。院はもともと御病弱な質でしたが、四十の半ばを越したころから、急にお弱りが目立ってきて、それにつれて、お考えも何かにつけ御決断がにぶられるようになっていました。

院が迷いぬかれた最後に、姫宮さまを光君さまに御降嫁させたいとお決めになった時には、さすがにわたくしもあっけにとられてしまいました。東宮さまが光君さまを御推薦なさったとか聞きましたが、これまでの様々ないきさつを考えれば、よくもそんなことを思いつかれたと思います。わたくしとの因縁ひとつとっても、院のお立場からすれば、ずいぶん変わった御決断としかいえません。世間の噂の種とも思いやられて、わたくしは暗澹としてしまいました。

今更、姫宮さまとの御縁談に嫉妬したりする気持は全く失せておりますものの、もう来年は四十歳という光君さまがまさか御承諾なさるまいと思っていました。

御縁談のためにも女三の宮さまの裳着の式（女子が成人して初めて裳を着ける儀式）が急がれ、それはもう盛大になさいましたが、その直後から、院の容態は急激にお悪くなられ、式の後三日めにあわただしく御落飾になりました。出家なさることでお命が延びるかもしれないとお考えになっていらっしゃるので、お止めすることもできず、姫宮さまの裳着のお支度以来、わたくしはぴったりと院のお側を離れず、お仕えしておりましたが、院の御出家の決意の堅さに悲しみに耐えず、ともすれば打ちしおれて涙をこぼしてしまいます。

「子を想う親の心には限度があるが、そんなに嘆き悲しんでいらっしゃるあなたとの別れは耐えがたいものがあります」

とおっしゃって、御自分も一緒に泣いてくださるのでした。

それでも避けがたかった得度式の日には、わたくしばかりでなく姫宮さまたちやあまたの女御・更衣の方々までが泣きどよみ、読経の声もかき消すほどでした。

御落飾後の痛々しい朱雀院からまたたってとお頼まれになった時は、光君さまも断りきれず、この御縁談を御承諾なさったということです。さすがにわたくしに気をかねた院のお口から、それを報された時はあきれて言葉もありませんでした。紫上さまの御心中を思うと、他人事でなくせつなくなってまいります。
年が明けて四十の賀を祝われた光君さまに、まだ十四歳の女三の宮さまが御降嫁なさったのです。

姫宮さまの御降嫁を見届けられてから、朱雀院は最後の念願とされた西山のお寺へお入りになられました。

いくらお名残惜しくてもいよいよこれまでと、女御・更衣の方々をお里へお帰しになり、わたくしも二条の邸へ引きあげてしまいました。

光君さまとのあんな激しい恋がはさまれたとはいえ、院とわたくしとで共有した長い歳月というものは、何ものにも替えがたい密度の濃い時間でした。許しがたい背信を許してくださり、耐えがたい屈辱をおしのびくださって、ただ一筋にわたくしへの深い愛を貫き通してくださった院の御恩は、はかりしれないものがございます。いっそ尼になって御後を追いたいと思いましたが、院はそんなきわだった行動はかえって世間体も見苦しいとおっしゃってお許しくださらなかったのです。

でもそれを押しきって、なぜわたくしはあの時出家していなかったのかと、後になって悔やまずにはいられませんでした。あの時、出家しおくれたばかりに、またしても光君さまとの悪縁のよりがもどってしまうはめに陥ったのです。

思えばいつか、院がいみじくも予言なさった通りになったのです。

二条の里に落ち着いて淋しい虚脱したような日々を送っているわたくしの許に、

ああ、何年ぶりだったでしょう、光君さまのお手紙が届けられたのです。

それはもう表書きを見ただけで中身を読まずにはいられない強い呪力を持っていました。読むだけならと、自分にいいきかして、こわごわ開いたお手紙は、なつかしい文字が流れるように並び、この長い歳月のへだての淋しさをさりげなくのべられ、朱雀院の御入山をしみじみと慰めてくださり、せめて今から後は、どんな場合も自分を頼りになる者と思い出してお役に立たせてほしいと結ばれていました。ふたりだけの恋の秘密の想い出などにはちらりとも触れないすがしい内容で、どこで落としても恥ずかしくない書きぶりでした。

そんなお便りにお返事をしないのもかえってこだわっているようにとられるかと、こちらはもっとさりげない筆づかいで短いお返しをいたしました。紙だけはあの方のお好きだった薄紅の薄様を選び、墨も淡めにほのかに書きました。

つとめてさりげなく書いたお便りながら、思えば光君さまとは十五年も逢わない上に十四年の無音の歳月が流れていたのです。あの方が二十六歳、わたくしが二十三歳の春、須磨へたたれる前にこっそり届けられたのが最後でした。

光君さまからはそのお便り以来、度々お心のこもったお便りが届くようになりました。

そして、とうとう、昔ふたりの間の連絡をしてくれていた女房の中納言の君に、昔のまま恋心は一向に衰えてはいないのだ、どうしてもまた逢いたいと手引きを頼んでこられたのです。中納言の君がわたくしからきつく申し渡されていて、取次ぎを拒みますと、その兄の和泉の前守を使って、せつない気持を情熱的に訴えられ、ごくごく秘密のうちにどうしても逢いたいといってよこされたのでした。昔とはちがい、わたくしも一通り世間の苦労もして、男女の仲のことも昔よりは身にしみているにつけても、あの頃から度々光君さまの薄情なお心を味わわされてきた長い歳月の果てに、おいたわしくも御出家あそばした朱雀院のことをさしおいて、今更どんな昔の思い出話を語りあうことができましょう、たとえ人には秘密の洩れぬよう首尾したところで、自分の良心に問いとがめられてどんなに恥ずかしいことだろう、と思うにつけ、やはりとてもお逢いなどできようか、もってのほかのこととお断りのお返事ばかりをさしあげました。

　光君さまは、

「昔あれほどきびしい監視の中で逢瀬が困難だった頃でさえ、際どい無理をして、密会をしたことをよもやお忘れにならないでしょう。たしかに出家なさった朱雀院に対してはお互い後ろめたいとはいいながら、昔一度結んだ縁の糸は人の記憶に残っています。今さらきっぱりと潔白らしく振る舞ったところで、いったん立ってしまった浮名を取り消すことがおできになりましょうか」

など、ずいぶん無体なことをいいつのって、とうとう和泉の前守を案内に立て二条の館へお越しになってしまわれたのです。

中納言の君がこっそり耳うちするように、光君さまがいらっしゃったと告げた時の愕きといったらありません。

「どうしてそんなことになったのです。あれほど和泉の前守にはきっぱりお断りしてあるではありませんか」

呆れて怒ってみましたが、和泉の前守はここまでくれば押しの一手とかまえて、

「まさかもったいをつけてお帰しするわけにもまいらないでしょう。そんな失礼なことはできるわけございません」

などといって、無理に工夫してお入れしてしまったのです。

「ほんのここまでお出ましください。物越しでも結構ですから。昔のような不埒な心などは、もう全くなくしてしまいましたので」

と、切々と訴えられるのです。やはりその昔にかわらぬ甘いお声を身近に聞き、たぐい稀な忘れられないあの香りを全身に吸いこんでしまった以上、わたくしは自分の不甲斐なさを心の底から嘆きながらも、抑えきれないなつかしさにせきたてられ、ためらいがちににじり出ていかずにはいられなかったのです。

それと察しられるかすかな身じろぎの気配にも昔のすべてが思い出されて、切

なくて、気を失いそうになりました。時間が逆流し、二十五歳のあの方と二十二歳のわたくしが互いに需めあう心の琴線を今にも断たれそうな緊張感で向かいあっている……あの頃の甘美で悩ましい密会の想い出が一挙によみがえってきます。東の対の東南の廂の間にお通ししていて、間の襖の端はそれでもしっかりと掛け金をかけてありました。あの方は、

「なんとまた要心深くて、まるで若い者どうしの密会のようじゃありませんか。あれからお別れしていた積もる年月の数もはっきり覚えているほど、ずっとあなたに恋いこがれてきたわたしには、こんな他人行儀なお扱いはあんまりだと、とてもつらく思われます」

と、恨めしそうにおっしゃるのです。

そうする間にも夜はしんしんと更けていきます。玉藻に遊ぶ鴛鴦の声などが胸にせまるように聞こえ、しめやかで人気の少ない邸の様子が昔に比べてお心にしみるらしく、今のわたくしの頼りない境遇をしみじみと慰めてくださるのでした。さすがに口調は昔とちがい、准太上天皇というかめしい御身分をしのばせてしっとりと落ち着き、堂々としていらっしゃるものの、やはり隔ての障子をひきゆるがして、

「年月をなかにへだてて逢坂の

さもせきがたくおつるなみだか
これではあんまりで涙がこぼれます」
と、怨じられます。

「なみだのみせきとめがたき清水にて
行き逢ふ道ははやく絶えにき」

などと冷たく応じたものの、昔のことを思い出すにつけ、誰のせいであんな恐ろしい騒ぎになり、光君さまに長い流謫の苦しみをなめさせたのかと思えば、もとはといえばすべてわたくしのせい。あれからのわたくしの辛さ恥ずかしさも一通りではなかったものの、それでもわたくしは朱雀院の限りない愛情によって罪も許され、ぬくぬくと後宮でおだやかな日々を過ごしてきたのです。その間、光君さまは淋しい遠い荒磯のあたりで想像も及ばない辛苦の歳月を耐えしのんでいらっしゃったというのに……あんなことになるのもよくよく前世からの深い因縁に結ばれているのかと思えば、あれもこれも、過ぎさった昔のすべてのことが胸にこみあげてきて、もう一度くらいならただお目にかかるくらいなら許されるのではないかなど、さっきまでの強い決心がもろくも萎えてくるのも、わたくしの性の弱さのせいなのでしょうか。

あれ以来、いうにいえない様々な苦労も数えきれないほど心につみ重ね、ずいぶん自重して生きてきたつもりなのに、こうして間近に光君さまの気配を感じただけで、あの頃の日々がまるでつい昨日のことのようになまなましく思い出されて息まで切なく熱くなってまいります。どうしてこの方に心冷たくふるまうことができよう、かといってここで心がくじけては、またどんな恐ろしい事態がおこるかもわからないと思い乱れて、ため息ばかりが先にたつのでした。

掛け金をわが手があけたのか、中納言の君が気をきかせたのか、そのあたりはもう定かではありません。

一たびあの方の胸の中に引きよせられ抱きしめられてしまえば、正気を保つ女があるでしょうか。ましてあれほどの深い縁の糸がまだ切れずにいたわたくしたちが逢ってみれば、もうすべてのことは忘れきって、つかのまの逢瀬をたとえ魔の淵とわかりきっていても、互いにしっかりと抱きあったまま、その暗い底めがけて身を躍らせずにはいられなかったのでした。暗い暗い淵の底には目くるめくような虹色の光の渦が群れまいておりました。

ああ、やはりこの方としか、骨もとけそうなこんな恍惚と陶酔の渦の底に共々巻き沈められることは不可能だったのかと思い知らされました。光君さまの指の触れられるわたくしの軀中のすべてのところからかぐわしい花が咲きでるような夢心地でした。

「あなたはなんとまたますます女らしく匂やかで豊かになられたことでしょう。あなたと離れてどうして生きていられたのか不思議でしかたがない。もう放さない。放すものか」

あの方は狂おしく、さまざまなことばをうわごとのように吐きつづけられました。

その言葉が美酒になってわたくしの全身を洗い、深い酩酊(めいてい)の淵の底に幾度となく誘いこむのです。

「なんという若々しさだろう」

ためいきと共にわたくしの乳房を摑(つか)まれた時、わたくしははじめて女三の宮さまのことを思い出しました。

「姫宮さまと御新婚なのに、なんという悪いお方、あちらはもっともっとお若いでしょう」

「まるで子供ですよ。あなたの嫉(や)かれる対象にもならない」

といいざま、それ以上言葉を出させず、わたくしの口を口でふさいでしまわれるのです。

ふたりを包んだ時が無限に流れていくようでした。それでも庭先に早くも小鳥の声が聞こえはじめました。

「夜が永遠につづくよう月の歩みも止め、小鳥という小鳥の咽喉を刺し通せたら……」

あの方は恨めしそうにつぶやかれ、それでもようやく起き上がってしぶしぶ身仕舞いをなさいます。

「来てごらんなさい。今朝の暁の空の色のなんと美しいこと。樹々の梢が浅緑に霞んでいるのを見ると、昔の藤の花の宴が思い出されますね。まさかあなたもお忘れではないでしょう。おお、ここにも藤が咲いている。この花の色の風情のある美しさはどうでしょう。とても想い出の深いこの花蔭の下からは立ちされそうにもありません」

折から山の端をさしのぼる日のはなやかな光に映えて、光君さまのお姿は目もまばゆいほど美しく、昔よりはるかに御立派になられた御様子など、久方ぶりで近々と仰ぐと、この世の人とも思えません。

見送りに出た中納言の君もさまざまなことを思い出すのか、涙をため、うっとりと光君さまを見上げております。

今は准太上天皇といういかめしい御身分柄、日が高くなってのお帰りなどもっての外のことなので、供人などもはらはらしてそっと咳ばらいして御催促しています。

供人に咲き匂う藤の花を一枝手折らせて、

「沈みしも忘れぬものをこりずまに
　身もなげつべきやどのふぢ波」

と、つぶやかれ、悩ましそうな憂いにみちた横顔を見せ、高欄に寄りかかっていらっしゃるのです。わたくしも胸がいっぱいで、またしてもこの恋のため嘆きのもとをつくってしまったわが身が頼りなく、

「身をなげんふちもまことのふちならで
　かけじやさらにこりずまの波」

ため息とともにつぶやいてしまいました。

それがふたたびの縁のはじまりで、光君さまとの恋の返り花が咲いてしまいました。

思えば朱雀院はとうの昔に、こういう日のことをすべて予言していらっしゃったのです。それを思い出すと、山の院に対して罪深いわが身が恥ずかしく、かき消えたいほどに思われます。

そのくせ、光君さまのお顔を見れば、どんな決意も淡雪のように消え果てて、またしても底知らぬ恋の魔の淵に沈みこんでゆくばかりなのでした。

わたくしどもの再会は、女三の宮さまの御降嫁とほとんど時を同じくしていま

したので、御降嫁以後、六条院で起こった様々の出来事もおおよそ聞き及んでおります。

再会してから早くも七年もの歳月が流れ去り、その間にはこの世の極楽と謳(うた)われた六条院では明石(あかし)の女御(にょうご)が男御子を御出産あそばされたり、その御子が冷泉帝(れいぜいてい)の思いもかけない早い御退位につれて、立太子されたり、おめでたいこともあった代わり、紫上が厄年で大病をされるという不穏なこともありました。

その都度光君さまはまるで普通の人間のように一喜一憂されて、わたくしのところへ駆けつけては、それを喜んだり心配なさったりなさいました。

もう若くはないわたくしたちの恋は不思議に色あせず燃えつづけてはいましたものの、話しあうことといえばすっかり遠慮もなくなり、恋の情緒とはほど遠いものになっていました。なぜか子供にめぐまれなかったわたくしにとって、初孫の話など光君さまに聞かされると、顔で笑っていても心はしらけてしまいます。

紫上は格別のお方とは思っていても、紫上の大病ですっかり気も動転し、わたくしへの配慮は全く忘れはてた光君さまを目(ま)の当たりにすることは、やはり目から鱗(うろこ)を落とされたような感じで、まざまざと自分の恋の老醜を見せつけられた思いでした。そうなのです。恋にも老いの皺(しわ)がきざまれることをはじめて知りました。肌を合わせればわたくしたちは互いの年も肉体の衰えのかげりにも盲目になってしまいます。不気味なほど調和した肉の歓(よろこ)びに、われ勝ちに溺れきることに倦(う)みも覚えません。

　それでいて、あの方を送り出した後にいいようもない虚(むな)しさが背骨のあたりからじいわりと湧いてくるのです。几帳(きちょう)のほころびから吹きこむ秋風のようなうすら冷たいその感覚に、馴(な)れることはできなかったのです。

　若い日のわたくしなら、あの方の去った後、二日もつづいた肉の芯のほてりも、四十路(よそじ)をこえてからは半日と保てなくなりました。

　鏡の中のわたくしは、まだどこもたるみも皺ばみもしていません。子供を産んだことのない乳房も、あの方の掌(てのひら)の中でたっぷりと重みを保っています。それでいて、そこはかとない老いのかげりは、皮膚の下の肉のやわらかさの中にしのんでいるのです。自分しか気づかない腕の内側の肉のあるかないかのたるみや、まぶたの肉の薄さなどを、誰に教えることができましょう。

　いつか、寝物語に光君さまが話してくれた源典侍(げんのないしのすけ)のことを思い出しました。五十七、八になった色好みの源典侍に、十九歳の光君さまが戯れかかったという気味の悪い話です。その上、頭中将(とうのちゅうじょう)さまがからんでのこっけいな話でしたが、聞いた後に、いやな後味が残りました。明るいところでみた目は落ちくぼみ、まぶたの皮はたるんで皺ばみ黒かったという光君さまの観察も残酷なものでした。

そんな目で見られるまでしがみついていたくはありません。

紫上の御病気で、まわりの何も見えなくなったあの方を見ていたら、これがもう別れ時だとふっと悟ったのです。一か月余りも姿をお見せにならない上、お見舞いのお手紙にも形ばかりのそっけなさで三行という短さ。

突然、院のお声が耳の底によみがえってまいりました。「あの人とよりをもどしたところで、わたしほどには純粋に深くは愛してくれないだろうに」という深いあわれみのこもった口調でした。

出家しようと、その時、心が決まったのです。山の院が無性になつかしくなりました。でももうそれは高い空の月を仰ぐようなもので、とても近づけるものではありません。

光君さまには一切御相談もいたしませんでした。それとなく話せばいつもとめられていたので、今度こそはひとりで決行したのです。

そのことを噂に聞き伝えられたのか、ややあってお見舞いの手紙が届きました。

「あまの世をよそに聞かめや須磨の浦に
　　もしほたれしも誰ならなくに
あなたの御出家を噂に聞くなど、情けないことです。須磨へ流されて苦労したのも誰のせいだったのでしょう。

　さまざまな浮世の定めなさに流されておりますうちに、あなたにとり残されてしまって残念です。たとえ見限ってこのわたくしをお見捨てになったとしても、毎日の御回向の中には、まず第一にわたくしを加えてお念じくださるだろうと、身にしみる思いでおります」

　さすがにこみあげる想い出の数々がありましたが、これが最後の手紙と思い墨つきだけは念入りに、濃い青鈍色の紙に書き、樒にさして持たせました。

「あま舟にいかがはおもひおくれけん
　　あかしの浦にいさりせし君
明石の浦で魚をとったこともあるあなたがどうしてあま舟に乗りおくれたのでしょうね。その気なら出家におくれをとることがありましょうか。

回向はいうまでもなく一切衆生のためにいたします。その中のおひとりとして、あなたのこともお祈りいたしましょう」

皮肉すぎたかと思いましたが、そう書ききった時、はじめてわたくしの心の中でぷちっとささやかな音をたてて、あの方との濃すぎた縁の糸がふっつりと切れたのを感じとりました。

　これがみ仏の、わたくしの得度へのゆるしの証なのでしょうか。さあっと軀を風が駆けぬけるように思った時、われ知らずつぶやいていたのです。
おかわいそうなお方……と。

春愁

✡

しゅんしゅう

女三の宮の侍女小侍従のかたる

朧月夜尚侍の君が、出家なさったという噂をお聞きしたのも、その頃のことでした。

光君さまとこのお方との恋は、今では世間で誰知らぬ者もないほど知れわたった事件でした。朱雀院が御在位の時、帝の御寵愛ひとしおだった尚侍の君とのの密事が発覚して、その科で光君さまが須磨に流されたという話は、わたくしのまだ二、三歳の頃のことで、すべては人の話で覚えたことでした。お二方の恋の話は、現実の世のこととも考えられぬほど物語めいていて、そのため、ひそかに、けれども執拗に人々の間に語りつがれておりました。

姫宮さまが光君さまに御降嫁と決まった時も、柏木衛門督さまの乳母の伯母が母との内緒話に、

「朱雀院さまにとっては、光君さまは、尚侍の君のこともあって、よくない因縁がおありなのに、またまた姫宮さまを嫁がせるなど、どういうお心からなのかしらね。なんだか先行きが不吉な気がして、恐ろしく思われますよ」

など洩らしていたことを思い出します。

朱雀院さまは、尚侍の君の不倫を御承知の上で、やはりひとかたならぬ深い御愛情は一向に薄れもせず、その罪も許されて御寵愛あそばし続けていらっしゃったのです。

当代一の二人の男君からそれほどの愛を受ける尚侍の君とは、どんなにお美しい魅力のあるお方なのでしょう。

朱雀院さまは譲位された後も、尚侍の君をお側近く置かれ、片時もお離しにならぬほどの御寵愛ぶりだったので、院が御出家あそばした時は、当然尚侍の君も御落飾なさるだろうと思われたのに、院に止められたとかで、お里にお引き取りになりました。わたくしなど、そのお噂を聞いた時、なんだか、物語が完結しないようで、納得しがたい思いがしたものです。

お里に帰られた尚侍の君と光君さまが、またひそやかに逢っていらっしゃるなど、怪しからぬ噂を、まことしやかに伝える女房もありましたが、まさか、人間ならそこまで朱雀院さまを踏みつけにはできないだろうと、耳にもとめないでい

ました。衛門督さまは、その噂をわたくしがお伝えした時、唇を歪めて冷たく笑われ、

「光君さまのことだもの、あり得ることだろうね」

とおっしゃったのが印象的でした。

姫宮さまに尚侍の君の出家の噂をなにげなく話しましたら、その日も御気分が悪くおつむも上がらないでいられた姫宮さまが、おさすりしているわたくしの掌の下で、肩を震わせて激しく泣き出されました。

「羨ましいこと。わたくしも出家したい」

悲痛なお声が泣き声の間に洩れてきて、わたくしは思わず掌をひいてしまいました。

「何をおっしゃるのです。そんな気の弱いことでどうなさいます。こうなっては、お気を強く持たれて、御無事にお産をなさることが何より朱雀院さまへの御孝養ではございませんか」

と励ましながら、自分の言葉にわたくし自身納得していないので、力がこもりません。ほんとに、いっそお髪をおろされ、何もかもわずらわしいこの愛執の淵から逃れ出られたなら、どんなにお楽になられるだろうと、お察しせずにはいられませんでした。

まるでいつまでも少女のように頼りないとばかり思っていた姫宮さまも、今度のことで心の底から悩みぬかれ、そんなことまで思いつめられるよう、お心も成長なさったのかと空恐ろしくなりました。

朱雀院さまの五十の御賀（おんが）を、姫宮さまの主催でなさる御予定は、今年の二月のはずだったのですが、紫上（むらさきのうえ）さまの御発病で、それどころではなく、すっかり延引しておりました。

十月にはぜひという御予定も、今度は姫宮さまの御病気で、またまた延びてしまいました。

その十月に、女二（おんなに）の宮（みや）さまが、華々しく御立派な御賀をなさいました。この姫宮さまはこちらの姫宮さまの姉君で衛門督さまの正室となっていらっしゃるので、舅（しゅうと）の致仕大臣（ちじのおとど）が後見なさり、盛大で格式高い御賀の式になったようでございます。衛門督さまもお立場上、気を張って御出席したとのことでした。それでまた、御容態が悪くなり病床に臥（ふ）されている御様子です。

そんな噂が伝わっても、姫宮さまは御自分のお躯（からだ）を持ち扱いかねて、ただもう苦しそうに心身ともに悩み続けていらっしゃいます。

四月に御懐妊あそばしたので、もはや七か月の身重のお躯は傍目（はため）にも痛々しいほど弱りに弱っていらっしゃいます。悪阻（つわり）も重かった上、お心の呵責（かしゃく）が御身をさいなみ、今にも消え果ててしまいそうにはかなげでいらっしゃるのです。

光君さまはさすがにお可哀そうとお思いにもなるのでしょうか、御祈禱などは次々ねんごろにさせてはくださいますが、お顔をあわされ、日に日に妊婦らしいお軀の線になっていくのを目の当たりにされると、あのいまわしいことを思い出されて、やはり許しがたいお気持になるらしく、ちくちく、針のような言葉でいじめられるのは、どうしようもありません。

こんな噂がどう御山の院のお耳に達したのか、ある日、長いお手紙が届きました。読むお力もない姫宮さまに、わたくしが読んでさしあげました。

「その後はお軀はいかがですか。御病気がちと聞き、またお便りにも長く接しないので、ひとり気をもみ、案じています。光君が何か月もその方へはお立寄りがないなどと、つまらぬ噂を風の便りに耳にしたりすると、どうしたことかと気がかりでなりません。

紫上の看病で大変だったのだろうと察していますが、紫上もたいそうよくなられたそうだし、今ではそちらへもお心を向ける余裕もお出になったのではないでしょうか。心をひきしめていないと、お留守がちの時などに、不心得な女房などの不始末から、とんでもないことが生じたりすることも世間にはよくあることだから、よくよくしっかりしていなければなりません。人に後ろ指さされるような過失のないよう、せいぜい注意してください。恩愛は断ちきらねばならぬ身の上なのに、最後に親子の情だけは残り、そなたのことが案じられ、夜も目覚めがちになるのです。ついつい便りも出さぬ間に、そちらからもすっかり音沙汰なしになり、どうしていられるのか、まるで霧にとざされたように様子もわからなくなり不安です。

身重になり悩んでいるとのことは聞きましたが、朝晩の念誦の間にも気がかりです。その後、御容態はどうなのですか。夫婦の仲がしっくりせず、気がかりなことや意に満たぬことが起こったとしても、そんな時は露骨に感情を出さず、じっと我慢してこらえていることですよ。夫を怨むような様子を見せたり、事の真相もわからないのに、何もかもわかっているような顔をして恨みがましいふりをするのは、女としてはしたないことなのですよ。くれぐれも慎むように」

読んでいるうち、わたくしの声も涙でかすれ、姫宮さまはもっと耐えがたそうにお泣きになりました。

このお手紙は久々で来られた光君さまのお目にとまってしまいました。お目を通されると、心外な表情をかくしもされず、強い口調でおっしゃいました。

「お返事はどうお書きになるおつもりですか。わたしこそ辛い情けない想いをしています。まるで、わたしが薄情であなたを苦しめているようにとられているが、とんでもないことはあなたが一番よく御承知のはずだ。あなたについて、心外で許しがたいと思うようなことがあっても、わたしはあなたを疎略には扱っていないつもりです。誰がわたしのことを院に悪く申しあげたのだろう」

絶え入りそうに顔をそむけていらっしゃる姫宮さまのお姿はいじらしく可愛らしいのです。たいそうお顔がおやせになって、ひたすら物思いに沈みきっていらっしゃる御様子が、いっそう高貴でお美しく見えます。

「あなたのいかにも幼稚な頼りない御心情を見ぬかれていらっしゃって、これほど深く御心配していらっしゃるのだと、このお手紙で拝察できますよ。これでは今から後も万事心配でなりません。気をつけてください。こんなことまで申しあげたくないのですが、院がつまらない噂を信じて、わたしがあなたの面倒も見ず、疎略に扱っているように考えていらっしゃるらしいのが、不本意で情けないので、せめてあなたにだけでもわたしの本意をお知らせしておかなければと思います。

思慮が浅く、人のいう言葉をそのまま受け入れてしまうらしいあなたとしては、わたしが冷淡であなたに愛情が浅いとばかり考えて、その上今では、もうすっかり年寄り臭くなったわたしを若いあなたは見苦しく見飽きたと、ばかにしていらっしゃるらしいのが情けなく口惜しく思われます。それでも院の御在世の間は、せめておとなしく行状をお慎みになって、院が夫としてお定めになったこの年寄りのわたしでも、院と同じように思い、あまりひどく軽蔑しないでください。

昔から深く願っていた出家の道にも、修行もさほどつんでいない女君たちに次々先を越されて、不甲斐ないことばかりが多いわたしですが、自分自身としては、いつでも出家していいのですが、院が御自分が出家なさった後のあなたの後見としてわたしを定めおかれた御配慮が、いかにもあわれにありがたく感じられたので、引き続いてわたしまであなたを残して出家しては、院が失望なさるだろうと思い、出家もできないでいるのです。

わたしが出家したら、気がかりになろうと思われた人々も、今はそれぞれ安心な境遇になっています。明石の女御も、将来のことはわからないけれど、御子たちも多くなっていくようですから、ひとまず安心できましょう。その他の誰も彼も、ことによればわたしと一緒に出家しても悔いのない年齢になっているので、ようやくわたしの気がかりも減りました。院ももう御余生がそう長いとも思われません。とかく御病気がちでだんだんお弱りになって、何事も心細そうにお見えになるのに、今更あなたの思いもかけぬ心外な浮名などお耳に入れて御心配をおかけなさいますな。この世のことはともかく、来世の御成仏のさまたげになりかねないのが罪深く恐ろしいことです」

まともに衛門督さまとの一件とは、はっきりおっしゃらないけれど、しみじみとお話しつづけになるのを聞かれ、姫宮さまは涙ばかりふりこぼしながら、われにもない御様子で悲しみ沈みこんでいらっしゃるので、光君さまは御自分も泣かれて、

「昔はいらいらするほどもどかしいと思った年寄りのおせっかいというものを、今は自分がするようになってしまいました。なんといやなうるさい爺(じじい)だと、うっとうしく疎ましく思っているのでしょう」

と恥じながら、御自分で硯(すずり)をひきよせ、墨をすり、紙をひろげて、院への御返事を書かせようとなさいます。

物陰で聞いていても、光君さまのお説は一々ごもっともながら、なんと嫌味でとげのあるお説教かと情けなくなります。まして罪の意識で身の縮む想いの姫宮さまは、やさしそうなもっともらしい言葉にかくされた毒を、まともにお心にお受けになって、恐れと恥におののきながら、お手も震えて、ようお書きになれません。

「相手によっては、お手紙の返事はすぐお書きになりもなさるだろうに」

ひとりごとのように低くつぶやかれる光君さまの意地の悪いお言葉を聞くと、わたくしは、思わず、自分の耳をふさいでしまいました。

それでも一々口移しに言葉を教えられ、院へのお返事を姫宮さまに書かせてお

しまいになるのでした。

おくれおくれている御賀のことも、女二の宮さまが、御後見の致仕大臣の後押しで華々しく立派になさったので、その後へ、身ごもった醜い姿で参上するのもどうかと光君さまはお考えになったようですが、かといっていつまでも延ばしておかれることでもないので、年内にどうしてもしてしまうことになりました。

「あなたも気を引きたてて、くよくよなさらずもっと晴れ晴れとふるまわれ、その痛々しくやつれたお顔をおつくろいなさい」

と、さすがにやさしくおっしゃるのでした。

衛門督さまは、秘密が光君さまに知られてしまったとわかって以来、気に病んで、心身ともにすっかり弱り、病床についてしまわれ、外へも一切お出にならず、ひきこもっていらっしゃいます。

十二月に入って、院の御賀を十何日と決められ、その日のための舞楽の練習などがいっせいにはじめられました。六条院(ろくじょうのいん)ではその準備や練習で上を下への大騒ぎになりました。久し振りに活気がかえってきて、女房たちの表情まできびきびと華やかになってきます。

紫上さまも、まだ二条院(にじょうのいん)に居つづけていらっしゃいましたが、この試楽を機会に自分ひとりそしらぬふりもできないと思われてか、久々に六条院へ引き上げていらっしゃいました。明石の女御もお産のためお里帰りになっていらっしゃいます。今度の御子も男宮でいらっしゃいました。

試楽には髭黒右大臣の北の方玉鬘の方も御出席になりました。

光君さまから衛門督さまにも参加するようお誘いがありましたが、衛門督さまはおじ恐れて、病気を理由になかなか出席しようとはなさいませんでした。

光君さまは、それでもなお押して、再度お誘いのお手紙をおやりになりましたので、衛門督さまは断りきれず、とうとう六条院へいらっしゃいました。

まだ他の上達部たちも集まっていない頃おいでした。光君さまは、これまで通り、御座所近い廂の間にお入れになり、御簾をおろして対面なさいました。衛門督さまは見るもお気の毒なほどやせやつれて蒼白く、普段もあまり派手派手しくは振る舞われず、物静かでたしなみありげな御様子がかえって落ち着いて人目を惹くというような御性質だったのが、今日は殊の外、物静かに控えていらっしゃいます。

光君さまは表面はあくまで平静を装い、さりげなくなつかしそうにしていらっしゃいますが、そのお目の光は冷たく、決して今度の件を許してはいらっしゃらないお心が、ありありと拝されるのでした。この頃、姫宮さまをねちねちといつまでもいじめられる時と同じ冷たい目の光をしていらっしゃいます。

「随分久し振りでお逢いしますね。わたしのほうも、次々病人が出て看病に疲れ果て、心のゆとりもないために、院の御賀のことがついつい延び延びになってしまい、はや年もおしせまって充分のこともできなくなりました。ほんの形ばかりの精進料理をさしあげるつもりです。御賀などというと、大仰に聞こえますが、家に生まれ育っている子供たちが多くなりましたので、この際院にお目にかけたくて、舞など子供たちに習わせていますが、調子をきちんと調えることは、あなたをおいて他に誰もいません。あなたが幾月も顔を見せてくれない恨みも忘れてしまって、面倒なことをお願いしたのですよ」

お声も御様子も全くなんのこだわりもないように見えるのですが、衛門督さまは、恥ずかしさと恐れで顔もあげられず、いっそう顔色も蒼ざめ変わるようで、お答えの言葉もすぐには出ないのでした。

「いろいろ御心痛が重なっていらっしゃることを存じあげ、かげながらお案じ申しあげておりましたが、春の頃から持病の脚気がひどくなりまして、立つこともできないほどになりました。内裏への参内もかなわず、世間ともすっかり交渉なく過ごしておりました。院の御賀のことを父の致仕大臣が気にかけまして、官職を辞した自分にかわり、わたくしに万事代行せよとのことでしたので、病を押して一応どうにかつとめさせていただきました。院も今はひたすらひっそりと静かにお暮らしあそばされ、仏道のほか御余念もなく、盛大な御賀の儀を御期待なさるようなことはおありでないと拝察いたしました。万事簡素になさいまして、しみじみした御物語をなさりたいのではないでしょうか」

と遠慮がちに、それでもさすがにはっきりと申しあげます。

　わたくしは久し振りで見る衛門督さまのおやつれの御様子と、まるで拷問に耐えているような御風情がいたわしくて涙があふれそうでした。

「それはよかった。これだけの簡略な支度と趣向なので、世人は志が浅いと見るかもしれないのに、あなたはさすがにわかってくださってありがたいことだ。夕霧大将は公職では次第に一人前になってきているようだが、風雅の道はとんと不調法なのです。朱雀院は、なんでもおできにならないことのない多趣味なお方だけれど、殊にも音楽にかけては御熱心で、御堪能でいらっしゃる。いくら世を捨てたとおっしゃっても、音楽には耳を傾けられるでしょう。となれば、やはり十二分の練習をつんでおかないとならない。大将と一緒に面倒を見て、子供たちを教えてやってください。専門の音楽の師匠などは、音楽のことだけしかわからなくて歯がゆいものです」

　いかにもうちとけたようなお話しぶりに、衛門督さまがかえって苦しそうに、額に冷汗を滲ませているのがわたくしの目にはわかるのでした。早々に御前を逃れ出て、夕霧大将が舞台の衣裳の点検をしているお手伝いをなさっていました。

いよいよ試楽が始まった時は、髭黒右大臣や夕霧大将や蛍兵部卿宮の御子や孫たちが、それぞれに可愛らしく美しく着飾り、教えられた舞を懸命に舞うのがいじらしく、見物の中には涙を流される人たちもいらっしゃいます。

主人役の光君さまは、

「年をとるにつれ、酔えばすぐ涙が出てくるのを抑えようもありません。衛門督がわたしのこんなみっともない有様を見つけて、ひとりにやにやしていられるが、全く恥ずかしいことです。しかしあなたが若さにおごっているのも、もうしばらくのことですよ。さかさまに流れない年月というものです。老いは誰の身にも逃れることのできない運命ですからね」

とおっしゃりながら、衛門督さまのほうをじっと、刺すように御覧になったのです。丁度、わたくしは御簾の下座のほうにいましたから、光君さまのその時の表情をまともに目にして、ぞっと背筋が冷えました。衛門督さまは、他の人々よりはずっと硬くなってかしこまり、顔を伏せ、沈鬱に沈みこんで、見るからに御気分も悪そうに見えたのに、いきなりわざと満座の中で名指しでそんなことを言われ、衛門督さまはびくっとやせた肩をふるわせ顔をあげられました。

なま酔いのふりをして、冗談のように聞こえるけれど、衛門督さまは、光君さまの冷たい鋭い眼差しに射すくめられ、いっそう身を硬くして盃が廻ってきても飲むふりをして取りつくろっていらっしゃいます。今にも倒れるのではないかと思うほどいっそう顔色も悪くなったのを、光君さまは横目で見て、わざと盃を持たせてたびたびしつこく強いられるのです。断りようがなく、衛門督さまはまるで毒でもあおるように、辛そうに盃を乾されています。

とうとう、居たたまれなくなって、蹌踉と座を立ち退かれるさまを、光君さまは、口の端に冷笑を浮かべて黙って見送っていらっしゃるのでした。

姫宮さまは、御気分がすぐれず、早くから退出されていて、この場の光景をお目にされなかったのが、まだしもの救いでした。

わたくしはそっと座を抜け、衛門督さまに暗い庭の梅の木の下で追いつきました。木の下で衛門督さまは病犬のように上体を波打たせ、吐き続けていらっしゃいました。

わたくしが背をおさすりすると、振り返り、

「ああ、小侍従か」

とつぶやかれたお目には涙がきらめいていました。

「見ていただろう。もうだめだ。自分がまさかこんな意気地なしとは思わなかった。あの方の威光の前には、自分など虫けらにすぎない。あの刺すような冷たい

目の恐ろしさ。憎しみが青い燐（りん）になって燃えていたようだった。とうていあの方に睨（にら）まれてはこの社会では生きていけないのだと思い知らされた」

とお嘆きになるのでした。

「そんなお気の弱いことでどうなさいます。光君さまだって同じ人間じゃありませんか」

そう励ましながら、わたくしも自分の言葉を信じていないのでした。確かにあの方に憎まれて、生きていけるこの世ではないのです。

姫宮さまのこの日頃の苦しさをお伝えするのもお気の毒で、わたくしは、衛門督さまのすでに幽鬼のように見える後ろ姿をお見送りしたのでした。

その日から、衛門督さまはどっと病気が重くなり寝ついておしまいになりました。あまりに重症なので御両親が心配なさり、女二の宮さまのお邸（やしき）から父大臣のお邸へ引き取られていかれたと聞こえてきました。大臣邸では加持（かじ）よ、祈禱よと大騒ぎなさるけれど、物（もの）の怪（け）もあらわれず、ただもう弱りに弱って、この頃では柑子（こうじ）のようなものさえ召しあがれないということでした。

光君さまも、たびたびお見舞いをさしあげていられます。かえってそのお見舞いに、病人は恐怖したことでしょうに。

生木（なまき）を裂くように離されてしまった北の方の女二の宮さまが、毎日悲嘆に暮れて泣きあかしていらっしゃるという話もむごいことです。高貴のお方たちのなさることは、どこか冷たく恐ろしく、わたくしども下賤（げせん）の身にははかりしれないものがございます。

こんな中で、もうこれ以上延引できないので、暮れの二十五日には、御賀がとどこおりなく終わりました。衛門督さまの重病のこともお耳に入れましたが、姫宮さまはお心のうちを顔には出さず、じっと耐えていらっしゃるのでした。

新しい春を迎えても、衛門督さまの御容態は一向によくならないのです。そんな苦しさの中から、御両親の目を盗んで衛門督さまは姫宮さまに切々とお手紙を書き続けられるのでした。

わたくしにぜひ逢いたいと言ってこられたので、夜にまぎれてお見舞いに上がりました。その時、姫宮さまに、衛門督さまの手紙を見せ、せめて一言でもお返事を書いてあげてくださいとお願いしても、姫宮さまは、筆をとろうとなさいません。

「今はもう明日知れぬ命になったことを、風の便りに聞いていてくださいましょう。その後どうかともお見舞いくださらないのもごもっともですが、いかにも情けのうございます。

手もふるえ、これ以上書けません。

いまはとて燃えむけぶりもむすぼほれ
　　絶えぬ思ひのなほや残らむ
せめて可哀そうにとだけでもおっしゃってください。そのお言葉を心にとどめて、自業自得の煩悩の闇にさまよいゆく、わたしの行く手を照らす光ともいたしましょう」
その哀切なお手紙を見ても、
「わたくしだって今日か明日かの命のように思われ心細い。人の死ぬのは悲しいけれど、あの方とのことは、つくづく情けなく、後悔しているので、とても御返事など書けない。もう恐ろしくてこりごりだから」
とおっしゃいます。私へのこまごました手紙も読んでさしあげました。
「あの方とこんなことになったのも深い前世の因縁だろうと思うものの、もう命も尽きようとしている。どうせ長くもない一生なのだから、いつ死んでもいいと思っている。かりそめにせよ、この身を憫れんでくださる方がいらっしゃるのをただひとつの恋の思い出として死んでゆこう。無理に生きながらえたら、自然、不倫の浮名も流れて、自分はいいがあのお方に辛い思いをおさせするはめになるのが恐ろしい。それよりは自分ひとり死ねば、あれほど怒っていらっしゃる光君さまも、大目に見てゆるしてくださるだろう。人の死は、すべてを帳消しにするはずだし、あのこと以外、これという科もないのだから、この年月、何かにつけ、お側に呼んでいただいた御縁や可愛がってくださった情も、光君さまのお心にもどってくるかもしれないと、はかない夢さえ生まれてくる」

そんなお手紙にも動じた表情をお見せにならない姫宮さまは、情がこわいというのではなく、よくよくあれ以来の光君さまの御機嫌の悪さとおふたりの時の冷たさに、おじ恐れていらっしゃるのでした。それでもようやく無理に筆を持たせて、しぶしぶ書いていただいたお手紙を持って、衛門督さまのところに駆けつけたことでした。

父大臣にはもう眠ったと嘘をつかせて、こっそりわたくしを病床に呼び入れてくださいました。御賀の時より、いっそう骨と皮にやせ細り、見るもむごたらしく病みやつれたお姿を拝して、誰が泣かぬ者がありましょう。

「父大臣などは、女の物の怪がついているのではないかと騒いでいられるが、いっそ、あの方が物の怪になってこの身についていてくださっているなら、どんなに嬉しいだろう。こんな切ない恋をして、ふたりとも身の破滅を招いた例も昔からないではないと、開き直ってみるものの、やはり光君さまの御威光が恐ろしく、このまま生き永らえる力も萎えきってしまう。あの試楽の夕べ、光君さまに睨まれ、からまれた記憶は、今でも夢に見て冷汗をしぼるほど流している。

あの日から魂はこの身から抜け出し、躯はふぬけのようにうつろになってしまった」
とさめざめお泣きになるのでした。姫宮さまの御返事には、
「お気の毒な御事と思っていますものの、どうしてお見舞いできましょう。ただお苦しさをお察しするばかりでございます。お歌に『思ひのなほや残らむ』とありましたが、
　立ちそひて消えやしなましうきことを
　　思ひみだるる煙くらべに
わたくしも一緒に煙となって消えてしまいとうございます。
死におくれるものですか」
とだけ書いてあるのを見るなり、涙で頰を濡らしながら、
「ああせめて、この煙の御歌だけが、この世の思い出となろうか。なんというはかないふたりの縁だったことか」
といっそうお泣きになって、御返事をうち臥したまま、筆を休め休めしながら書かれました。文章の続きも怪しく、文字も鳥の足跡のように乱れていて、
「行く方なき空のけぶりとなりぬとも
　思ふあたりを立ちははなれじ

夕暮れはとりわけ思いをこめて空を眺めてください。わたしが死んでしまえば、もうお咎めになるお方の目もお気になさらず、詮ないことですが、わたしを不憫な者よと、思っていてください」

と、乱れ書いているうちにも、気分の苦しさがいやましてきて、

「もういいから、あまり更けぬうちに帰って、こうしてもう最期だった有様を、あの方にお話ししてください。わたしが死んだら、世間ではもしかしたら、三の宮さまへの悲恋に死んだというかもしれないが、死後のことまで案じたとてなんになろう。いったいどんな前世の因縁で、こんな辛い愛執のとりこになってしまったことか」

と言いながら、泣く泣く病床ににじり入ってしまわれました。いつもなら、いつまでも前に坐らせて、姫宮さまのことを、らちもないことまで根掘り葉掘り訊きだそうと話させるお方が、今夜は言葉も少なく、おいたわしくて、すぐにも帰れません。こちらの乳母をしているわたくしの伯母と語りあい、ひどく泣きました。姫宮さまはこの日の暮れ方から産気づかれて、女房たちがそれと気づき、光君さまにも御注進したので、光君さまもあわててお渡りになりました。人々の目には、内心のいまいましい気持をかくして、まめまめしく験力のある僧たちを召し、御祈禱を不断におさせになります。

夜一夜お苦しみになり、暁方お生まれになりました。男御子でした。そのことを光君さまにお報せすると、うつろな表情のまま、

「男なら、似ているだろう。女のほうがまぎれたのに」

と、低くつぶやかれたのを、わたくしひとりが聞いてしまいました。その時の恐ろしさは思い出してもぞっとします。

姫宮さまは、生来とても華奢なお軀つきなので、はじめての気味の悪いお産にすっかりおじけづかれ、薬湯などもお口にしようとなさらず、わたくしだけに、

「いっそ、お産のついでに死んでしまっていればよかったのに」

と洩らされたのがおいたわしく、お返事もできませんでした。

光君さまは赤ん坊を抱こうともなさらないので、年取った女房たちは、

「まあまあ、ずいぶん冷たくていらっしゃいますね」

などひそひそ語りあっているのでした。その声を小耳にはさまれた姫宮さまは、宙に目を据えたまま、

「小侍従、いっそ尼になってしまいたいわ」

と深くため息をおつきになりました。

輪廻

✸

りんね

女三の宮のかたる

今となっては、もうあの方が自分の夫とは思えず、あの方独特の軽やかな足音と、例の類いない香しい匂いがそこはかとなく近づいてきただけで、わたくしは産後の血がかっと頭に上り、胸が濡れた布で締めつけられるように苦しくなってしまうのです。いくら人前はつくろっていても、あの方が子を見る時の底冷たい光をわたくしが見逃すことがあるでしょうか。

世間の人々は真相は知らないので、あの方の正妻であるわたくしが、結婚して八年めに突然男の子を産んだというので、競争でさまざまな祝いの品々を山のように届けてくれるのです。産屋の儀式もおごそかに重々しくしてくださるものの、すべてが世間体だけで、あの方の本音はわたくしと赤子のすべてが厭わしく、できることなら目の前から永久に消え失せてほしいということでしょう。これからも次第にあの方に疎まれていくのかと思うと、わが身が恨めしく情けなくてなりません。いっそ尼になりたいという気持がだんだんつのってくるばかりです。

　夜などもあの方はこちらに泊まることはなくなりました。昼のうちに義理めいた顔を出し、

「この頃は人の世のはかなさが身にしみて、自分ももう先が短いと思うと心細く、お勤行ばかりに励み、日を送っています。お産の後で何かとざわめいているような時は、心が乱されるようで、お伺いもしないでいます。いかがですか、御気分はいくらかさっぱりしましたか。可哀そうに」

　など言いながら、几帳の脇から形だけ覗いてごらんになるのです。わたくしは枕からようやく頭を上げ、

「どうしても生きていられそうにも思えません。産後に死ぬのは罪が重いとか聞いています。いっそ尼になって、その功徳で命がとりとめられるものか試してみとうございます。またそれで死ぬとしても、罪の消えることもあろうかと思いまして」

　と、いつもよりはしっかりと申しました。

「とんでもない。縁起でもない、不吉なことは言わないでください。どうして、そうまで考えつめるのです。お産はそりゃたしかに怖いものでしょうが、それで

死ぬとは限っていません」

とやさしそうにおっしゃいます。でも今のわたくしにはその言葉の裏で、あの方が、内心それもいいかもしれない、このままではいつまでもあのことにこだわっていてやりきれない、わたくしと赤子が憎くなるだけだ、と思っていらっしゃるのがわかるのです。

嫁いだ時は、まだ十四かそこらで、なんのわきまえもなく、父帝(みかど)の掌中から、あの方のお掌(て)に移された珠(たま)のように、のんびりして子供のように他愛(たわい)なかったわたくしも、あれから八年、無知ななかでもそれなりの気苦労も覚えるようになっています。あの方の正夫人という表向きの立場がいかに立派でも、その中身の空疎さも身にしみてわかってきているのです。それはまた、紫上(むらさきのうえ)の御病気以来、恥も外聞も忘れたあの方の取り乱しようと、御病人の看病だけにかまけて、わたくしなどは虫けらほどにもお心にかけられなかった現実が、いっそうあの方の愛のありかや真相を思い知らせてくれたのです。

いつまでも、気の利かない薄ぼんやりと、事あるごとに注意を受けてきましたが、あの方は、かつて心の目をわたくしに真向きにしてくださったことは一度だってなく、いつもそれは紫上にだけ向けられているのですから、わたくしがこの八年の間に、どう成長し、心にどんな襞(ひだ)が生まれてきたかなど想像もおできにならないのです。小侍従にいわせると、わたくしはいつまでたってもおっとりのんびりしていて、歯がゆいのだそうだけれど、心の真向きになってくれない人に、どうやって自分の真実を向けていいのかわからないのです。

琴を終日かきならすことで、せめて淋しさや空虚さを埋めているとは誰も察してくれません。衛門督の執念に負けた小侍従にはかられて、あんな情けないかたちで始まってしまった不思議な縁も、いまわしいとばかりどうして思えましょう。ただ子供のようにあの方にすがってきたわたくしには、いつでも無条件で無際限に愛してくださった父君とはちがい、何かにつけて、わたくしを教育したがるあの方が、いつでもどこか怖いのです。冷たくて怖い心をあの方が持っていらっしゃったのは、今度の事件が露見した後に、あの方がいやというほど思い知らせてくれました。

衛門督が苦しい病の床から書いてよこした鳥の足跡のように判読しにくい手紙を見て、どうして泣かないでいられましょう。

「あなたにおくれていいものですか」

とお手紙の最後に書きつけた時は、その想いの切なさに、真実わたくしは、衛門督の死の後を追う気持になっていました。

しばらく黙って御自分の心の整理をされてから、あの方はいつもよりやさしい口調でおっしゃったのです。

「もっと気を強くお持ちなさい。なにたいしたことはないでしょう。もう駄目かと思われた紫上だってよくなった例があるのですから、やはり頼み甲斐(がい)のある世の中なのですよ」

そう慰めながら、薬湯など御自分でとって、わたくしを抱きおこし、飲ませてくださいます。さすがにあまりのわたくしの衰弱ぶりに、ふとあわれをお感じになったのでしょうか。

「嫁いで八年、一度もお逢(あ)いしなかった山の父君に去年御賀(おんが)でお目にかかってから、かえって父恋しさがつのってお逢いしたい思いでいっぱいなのに、この様子ではもう二度とお目にかかれないのかしら」

と、小侍従に泣く泣く話したのを、小侍従が父君へお報(しら)せしたのか、ある日、突然、夜の闇にまぎれるようにして、父君が下山してお見舞いくださいました。

あの方は狼狽恐懼(ろうばいきょうく)してお迎えになりました。

「世を捨てて以来、世俗のことは思い煩うまいと心に決めていましたが、やはり子を想う親の煩悩の闇だけは残されていたのでしょうか。もしも逆縁で女三(おんなさん)の宮(みや)に先立たれでもしたらと思うと、このまま逢わずに死別したら、その怨念(おんねん)が互いの成道(じょうどう)のさまたげになろうやも知れぬと思われて情けなく、いっそこの世でのそしりなどどうともなれと思い、こうして出かけて来てしまったのです」

とおっしゃいます。墨染めの清らかなお姿でしんみりとお泣きになるのがもったいなく、わたくしは涙にむせて声も出ないのでした。あの方は、例によって、はらはらと落涙され、

「御病気はさして難しいものではございませんが、ただここ幾月も次第に弱られた上、お食事が一向にすすみませんので、こんなにお弱りになってしまわれたのです」

など説明し、帳台（ちょうだい）の前に敷物を用意して父君をお入れ申しあげました。わたくしも女房たちにかかえあげられ、辛うじて帳台から床におろされました。父君は几帳を少し脇へ寄せて、

「こうしていると、夜居（よい）の僧のような気持だけれど、まだわたしは法力の験（げん）があるほどの修行も積んでいないのが恥ずかしい。とにもかくにも、逢いたかったというわたしの姿をとっくり御覧になるがいい」

と言いながら、しきりに涙の御目を拭いていらっしゃいます。わたくしもたまらなくなって泣きました。あれほど逢いたかった父君、あれもこれもこの八年の辛（つら）さや苦しさ、そして身に背負ってしまった思いもかけない罪の重さなど、聞いていただきたいことばかりが胸元にこみあげ、それは熱い塊になって咽喉（のど）をふさ

ぎ、声にもならないのでした。ようやく気持も息も整えてから申しました。

「とても生きられそうもございません。こうしてお逢いできたついでに、どうか尼にしてくださいませ」

父君は、

「そんな決意をしていられるのは、まことに尊いことですが、そうはいってもいつ死ぬかわからないのが人の寿命です。先の長い若い者は、早まって出家してかえってあとで間違いを起こして、世間の非難を浴びるようなことにもなりかねないのです」

とわたくしにおっしゃって、あの方に向かっては、

「こんなふうに自分からすすんで言うのですから、もうこれが最期という状態なら、ほんのしばらくの間にせよ、出家させて、その功徳をいただけるようしてやりたいと思います」

とおっしゃいました。

「この頃いつもこういうふうにばかりおっしゃるのですが、物の怪などが言わせているのかもしれないからといって、とりあわないできたのです」

と、あの方は申しあげました。

「たとえ物の怪の言わせることにしろ、それに負けたからといって、出家という

なら不都合ではありますまい。むしろ、こんなに衰弱しきってしまった病人が最後の頼みとして言うことを取り合わないでいては、後で後悔して辛い想いをすることにもなりましょう。是非とも出家させてやりたいものです」
とおっしゃいます。その静かながら後にひかぬという気魄がこもったお言葉をうかがうと、父君がお心の中で、わたくしを粗略に扱ったあの方に対して、頼み甲斐のない男だと怒っていらっしゃるのが、ひしひしと感じられます。生来気弱な御性質の方なので、胸にためていらっしゃる恨みごとなど、おくびにも表情にはお出しにはなれないのですが、こうまできっぱりわたくしの気持に添い、あの方に対して反対なさるのは、よくよくのことなのだと思います。

　わたくしは姉妹の中でも格別可愛がってくださった父君の愛情がありがたく、結局、あの方は父君の半分にも満たない愛しかわたくしには抱いてくださらなかったと、あらためて思いかえされるのでした。わたくしはお手紙にも一度だって自分の立場の惨めさや夜離れの続くどころか、さっぱりかえりみられないままで、未亡人のような生活をしていることなど、父君にはみじんも申しあげたことはないのです。それでも、あちこちから、浮世の噂は御山まで伝わり、すべてをお察しくださっていたのだと、この時わかりました。

「それでは、こうして出かけてきたついでに、せめて出家の戒だけ受けさせて、仏縁を結びましょう」

ときっぱりおっしゃってくださいました。あの方は、わたくしを疎んじていられたことも忘れたように、あわてて立てまわしてある几帳の中に入ってきて、

「この先長くも生きられないわたしを振り捨てて、どうしてこんなことをなさるお心になったのです。どうか、なおしばらく気持を静めてお薬を召しあがり、お食事もお取りください。いくら出家が功徳になるといっても、お躯が弱くては、お勤めもおできになれないでしょう。とにかく御養生なさってからのことです」

と言って必死に止めようとなさるのです。今更そんなにあわてふためかれて止めだてしてくださるのも、御自分本位で、一向にわたくしの辛い気持を察してはくださらないつれないお言葉だと思われて、わたくしはただもう一途に頭をふってそれに抗うことがようやっとの想いでした。わたくしの思いつめた様子が、あの方をいっそう惑乱させ、あれこれ必死に止めだてなさるうちに、夜もしらじら明けかけてまいりました。父君は、

「御山へ帰るのに、昼になっては、あまりあからさまで目立つだろう」

とおっしゃってお急ぎになり、病気平癒の御祈禱につめていた僧の中から、位の高い有徳の僧ばかりを選ばれてお召しになり、落飾の作法を行ってくださいました。

「今を盛りのこの美しい黒髪をむざむざ削ぎ落とすとは」

あの方が五戒を受けているわたくしの横で、恥も外聞も忘れたように取り乱してお泣きになるのが、わたくしにはいっそう見苦しく、何を今更と思われ心も冷えきっているのでした。

父君はすすめてくださったものの、いよいよ黒髪が落とされるのを御覧になった時、言いようもなく悲しそうに、耐えきれないで、むせび泣いてくださいました。さすが親不孝をしているような気持になり、わたくしも胸が切なく、こみあげる涙をこらえるのがようやっとでした。

「こうしたお姿になられたが、その功徳でせめて早く病気を治されて、どうせならお念誦にもしっかりお励みなさい」

とさとされて、夜も明け果ててしまった中を、あわただしくお帰りになってしまわれました。わたくしは思いが叶ったためかえって気がゆるんで魂も消えたようになり、お別れの御挨拶さえできず、お見送りもできないまま、朦朧としておりました。その折に、

「夢かと思う悲しみに取り乱しておりまして、なつかしい御幸のお礼も申しあげられずお許しください。いずれ後日お詫びに参上いたします」

「わたしの寿命も長くないように思われました昔、後に残るこの姫宮が、後見す

る人もなくなり、世にさ迷うかと思うと不憫でならず、あなたの御本意ではなく御迷惑だったでしょうが、あのように無理にお願いして面倒を見ていただきました。おかげで今まではずっと安心してこられました。もし幸いにもこれで一命をとりとめましたら、尼姿になって人の出入りの多い住居ではふさわしくないでしょうが、といって淋しい山里などに離れて住むのもまた心細いことでしょう。そんな時には尼の身分相応に、今後ともお見捨てないようお世話をお願いします」

「あらためてこうまで重ねて仰せになられますと、恥ずかしくてなりません。今はただ、悲しみに心も乱れ、なんの分別もつかずどうしてよいやらわかりません」

　そんな会話がぼんやりわたくしの耳に入ってきます。

　後になって小侍従から聞いたところによれば、この晩、後夜（夜半から暁にかけての間）の御加持の時、物の怪が僧について、女の声で、

「それみたことですか。うまく命を取り返したと、あの一人について思っていられるのが口惜しかったので、今度はこの宮のお側に、さりげなくお憑きしていたのです。しかし宮も出家されてしまったし、どれ、もう帰ろうか」

　と言って、小気味よさそうに笑ったと言います。物の怪が去った後、わたくしに少し生気が戻ってきたものの、やはり全身に力が入りません。女房たちも、わ

たくしの突然の出家に気落ちして、ぼんやりしているようです。

あの方は御修法を日延べして、わたくしの快癒の祈りをさせてくださったようでした。

御自分の気持が落ち着かないのか、しきりに何かと話しかけてくるのですが、わたくしは眠ったふりをよそおって、もう口をききませんでした。早くひとりになりたかったのです。

ようやくあの方が東の対へお帰りになり、女房たちも小侍従を残してみな引き下がってしまいました。小侍従が薬湯を持ってきて、そっとわたくしの肩を抱き起こしてくれ、飲ませてくれました。こんな時、小侍従は何も言わないでいることがわたくしへの思いやりだと心得ていてくれるのです。わたくしの今日に至るまでの孤独も、憂悶も、殊にあの事以来の深い悩みのすべても、小侍従だけはみんなわかってくれています。薬を半分飲み残しても、強いてその後飲めともすめず、またそっと寝かせてくれ、黙って足をさすってくれています。

思いがけず、全く思いがけず、瞼の裏に病みやつれた衛門督の蒼白い俤が浮かんできました。切れ長の美しい瞳に限りない悲しみをたたえて、わたくしの目をじっと覗きこんでくるのです。

——そんなことをなさって——

衛門督はわたくしの短く削がれた髪を撫でて、はらはらと落涙しました。衛門督は、いつもわたくしを抱く時、わたくしの髪が華奢なからだに似合わず、力強くしっかりしていると言っていました。うっとうしいほど密生した髪の中に顔を埋めこみ、ああこの匂いと、いつもうめくようにつぶやくのでした。着ているものをはぎとってしまうと、小さなわたくしのからだは、背丈の倍もあるかと思われる髪の海に包まれてしまいます。

衛門督はその長い髪をふたりのからだをひとつにしてしばるように巻きつけてみたり、時には自分の首にそれを巻きつけ、本気で首を締めつけて、しまいには苦悶の表情を浮かべて息も絶えそうにするのでした。思わずわたくしがその手にすがって、髪を締めることを止めると、

「ああ、やっぱり、あなたはわたしが死ぬのを悲しんでくれるのですか」

と言い、物狂おしいほどわたくしを抱きしめるのでした。

衛門督の抱擁を知ってから、わたくしははじめて、あの方はこの人の半分も、わたくしを愛してはくださっていないのだということがわかったのです。男が女を愛するとはどういうことかを、衛門督の愛撫によって知らされたのです。わたくしは夫以外の男によってからだの奥深くから呼びさまされる官能の歓びを知ってから、いっそう衛門督との密事が恐ろしくてなりませんでした。罪の深さに

真実おののきはじめたのは、その時からだといえましょう。衛門督は抑えきれないわたくしのからだの反応を見逃すはずはありませんでした。

「ああ、とうとう、あなたはわたしのものになった。もう死んでもいい。いやきっと死ぬでしょう。わたしの罪が完成されたのだから、その罰を受けないことがあるものか。でもあなたは殺さない。罪はわたしが一方的につくったもの、あなたは無垢（むく）だ。いつだって、あなたは無垢なのです。誰も、どんなこともあなたの天性の無垢をけがすことはできないのです。ああ可愛い、いとしい。どうしてこんないとしい人を一夜でも捨てておける人がいるのか」

と言い、いっそう狂おしくわたくしを抱きしめました。

その頃からです。わたくしのひとり寝の夢に出てくる男は、あの方ではなく衛門督になっていました。はじめてそれと気がついた時の恐ろしさ。ひとりではっと身を起こしたわたくしの気配があまりに異様だったのか、帳台の下に寝ていた小侍従が、

「どうかあそばしましたか。悪い夢でも御覧になりましたか」

と声をかけてきました。

「いやな夢を見た」

わたくしはそうつぶやいて身を横たえました。まだ胸が高なり全身が燃えてい

ます。

夢でわたくしは夫でない若い男を、あの衛門督を、受け身ではなく自分から誘っていたのです。どうして小侍従にそれが告げられよう。そしてその夢の中で、わたくしは決して怖くもなく罪の苦しさもなく、甘美であたたかなしあわせの波にゆったりとただよっていたのです。

死のう、でなければ出家しよう。わたくしが真剣にそれを思いつめたのは、その夜からのことでした。

立ちそひて消えやしなましうきことを
　思ひみだるる煙くらべに

と、返歌を書いた後で、一緒に死にたいと歌ってもまだ心が言い尽くせない気がして、

「あなたの死におくれるものですか」

と書きつけた時、わたくしの決心はいっそう固まっていたのです。

こんな形で結ばれ、あまつさえ罪のあかしの子供まで産むとは、前世でよくよくの因縁なのだろうと思うようにもなっていました。

衛門督の病勢に対してわたくしがあまりに無関心で冷たいと、小侍従もよく責めたりなじったりするのだけれど、わたくしは衛門督は必ず死ぬと信じているの

で、今更病状のわずかな変化に一喜一憂などする気にもなれないのでした。なろうことなら、この世での苦しみから一日も早く解放させてあげたい、わたくしに呪力があるなら、そう祈ってやりたい想いでいっぱいでした。

出産をしてみて、人間が人間を産むということは全く他の動物と変わらない、浅ましくおぞましいことだと思い知らされました。自分もまたこうして生まれてきたのかと思うと、はじめて母がいじらしく思えたほどでした。血にまみれ汚れて、ぼろ屑(くず)のような姿で、この苦しみの世に生まれてくる赤子の生を、わたくしは他の人のように手放しでおめでたいなどと喜べないのでした。この子の背負ってきた運命の暗さと重さが思いやられて、なろうことなら、この子も早々と死んでほしいと願わずにはいられませんでした。

あの方がはじめて赤子を抱いた時の苦渋にみちた顔を盗み見た時の衝撃を忘れることができません。いつでも光り輝いているあの華やかなお方からは、想像もできないような暗い陰惨な表情が、目にも顔にもただよっていました。黒い霧に包みこまれた人のように見えて、わたくしは一瞬、自分の目を疑いました。このお方も、何か人には窺(うかが)い尽くせぬ暗い重い運命をかかえこんでいらっしゃるのではないかとはじめて思ったのです。それは全くちがうはずなのに、どこか衛門督が時々示す、罪の想いに怯(おび)えた瞬間の表情に、重なるものがありました。

人の妻を盗んだという衛門督を、このお方は責めることができないはずではないかと、その時、唐突にわたくしが思ったのは、どうしたことだったのでしょう。あのお方は、父君の誰よりも愛されいつくしまれた朧月夜尚侍と情を通じられ、それも、一度や二度でなく、そのため尚侍は中宮になる道を絶たれた上、あのお方は罪を得て、須磨流謫という憂き目も御覧になったといわれます。すべてはわたくしの生まれる前や幼い頃の出来事で、真偽のほどはわからないまま女房たちの間では物語を読むように語りつがれている、誰知らぬ者もない話だということです。そんな尚侍をなぜ父君はお許しになり、出家なさる最後まで誰よりも寵愛なさったのかわかりません。

でもあのお方の衛門督やわたくしを責める意地の悪い底冷たい目付きや態度には、父君のかぎりないお優しさとは全くちがうものがあるようです。やはり天子の位にのぼる人と、そうでない人との人格の差というものでしょうか。いいえ、こんなことを申して、自分の罪を正当化しようなどという気は毛頭ないのです。ただあまりにあの方の意地悪で冷たい態度に自分が苦しめられ、苦しめられる衛門督を目の当たりにするにつけ、ついそういうことも心に浮かんできたということなのです。もしかしたら、罪のあかしの子を抱かされた時、あの方の胸に尚侍との因縁深い恋のすべてが思い出されたのではないでしょうか。

尚侍にはなぜあの方の御子が生まれなかったのでしょう。いえ、そういえばあれほど誰よりも愛されている紫上に、なぜ御子が一度も生まれなかったのでしょう。尚侍は父君の御子も妊(みごも)ったことはないようです。ほしいところにはできず、どうでもいいところに生まれたと、東の対であのお方が口にされたとかいう話が、いち早くその日のうちにこちらに伝わり、小侍従が泣いて怒ったこともありました。

　わたくしは怒るよりも、本当にそうだとうなずいてしまい、小侍従を二重に怒らせてしまったものです。

　もし、わたくしの産んだ子が女の子だったら、どういうことになったでしょうか。たぶんあのお方は子供が育つにつれ実の父の俤をあらわすことを恐れていらっしゃると思います。上流貴族の家に男の子の出産はあまり歓迎されません。貴族たちは女の子だけが欲しいのです。美しい健康な姫君なら、長じて後宮(こうきゅう)に入れることができます。その姫君が東宮(とうぐう)か帝の御子(みこ)を宿せば、そして、もしその御子が男宮であったならば、やがて祖父の彼等は外戚(がいせき)への夢が約束されるのです。上流貴族にとってはそれが最高の野心の極まりつくところです。

　たとえ不義の罪を背負った子であっても、わたくしの子が姫君であったなら、あのお方は御自分の子として大切に育て、十二、三にもなれば早々と裳着(もぎ)の式をさせ、後宮に送りこむに決まっています。幸か不幸か、わたくしの産んだ子は男の子だったのです。育つにつれ、実父の俤をあらわすであろう男の子だったのです。

いとしい、あわれな吾子よ。やがてそなたの実父の命は絶たれるでしょう。母らしくない愚かな母は、子を育てる務めも誇りも放棄して早々と尼になってしまいました。生まれてすぐ孤児同然になったお前を育ててくれるのは、心の底でお前を憎み続けるであろうあのお方なのです。

許しておくれ、この愚かな母を。こうするしかわたくしの生きていく道はなかったのです。いいえ、出家するとは生きながら死ぬことなのです。母は死んだとあきらめて、あわれな両親の命まであわせて強く生き続けておくれ。

小侍従がわたくしの後を追い出家したいというのを、止めるのには困り果てました。ようやく、可哀そうな赤子のために、その子の成長をわたくしたちに代わって見届けてほしいと、拝むようにして思いとどまらせました。

衛門督は病床でわたくしの出家を聞いて以来、どっと病が重くなり、もう枕から頭も上がらないほど弱りきり、やがて泡の消えるようにはかなくおなりになったということでした。わたくしの心の中では、もうとうに衛門督は死んでいたので、現実の訃報を聞いても、わたくしの中では動じるものもありませんでした。

むしろ、わたくしの身代わりのように衛門督と結婚した姉君の二の宮が、衛門督の病が重くなってからは、致仕大臣家に夫を連れ去られ、一度も逢わせてもらえないまま死別してしまったと聞いて、気の毒で涙がこぼれました。姉君はなぜ求婚されたかも知らず、まさか妹のわたくしの代わりにされたなど全く気づかず、衛門督に嫁いで短いはかない結婚生活を終わってしまったのでした。小侍従の話では、衛門督はああいうお人柄から、決して姉君を疎略にはしないで、外から見れば何もかも行き届いた世話をするので、一応は幸せそうに見えたそうです。

「でもねえ、肝心の衛門督さまのお心がこちらさまに向きっきりなのですから、真からお幸せなはずはございませんでしょう。よくしたもので、女二の宮さまはあなたさまほど無邪気ではいらっしゃらないけれど、あまり神経質に気を廻すような御性質でなく、そこは御姉妹ながら揃って鷹揚でいらっしゃいますから、お悩みも少ないかと思われます。

衛門督さまはわたくしに逢うたび、女二の宮さまも可哀そうだと、心からすまながっていらっしゃいました。太政大臣家にとっては御自慢の御長男でいられただけに、衛門督さまのわけのわからない御病気には、御両親とも、はた目にもお気の毒なほど御傷心の御様子でした。ましてお亡くなりになった後のお嘆きぶりは目もあてられません。あんなに何もかもこの世の栄誉や富を掌中になさいましても、逆縁にあわれるという不幸を背負うとは……地位やお金で幸せは買えないものだと、つくづく考えさせられてしまいます。

それにつけても、わが子可愛さから、御病人がしきりに北の方さまのところへ帰りたいと訴えられるのも聞き入れず、一度もお逢わせしないまま見送られたとは、なんということでしょう。だからわたくしは、貴族の方々の自分本位なわがままな心がきらいなのです」

次第に自分の言葉に興奮してきて、一気にまくしたてる小侍従の話を聞きながら、何も知らない姉君に、もう一度おだやかな幸せが恵まれますようにと祈らずにはいられないのでした。

ひとりになると、疎ましいことも、恨みたいこともたくさんあった衛門督の死を、ひそかに願ったこともある自分が悔やまれて、やはり当代の他の誰よりもすぐれた若者として前途を約束されていた人の輝かしい未来を、わたくしという女ひとりのため、無慚（むざん）に断ち切ってしまったのかと、まだ生きているこの身がうらめしく、生きていることだけで人を不幸にすることもある人間というものがつくづく情けなく、ああ、出家してよかったと心の底から思うのでした。

あのお方はわたくしが姿をかえてから、かえって優しくなって、毎日のように見舞ってくださいます。赤子の五十日（いか）には祝いの餅（もちい）をついてくださって、申し分なく華やかに祝ってくださるのでした。

鈍色（にびいろ）の着物に黄の勝った紅色の上衣（うわぎ）をつけた尼姿が、まだしっくりなじまないわたくしを眺めて、

「ああ、なんという情けないことになってしまったのか。墨染めというのはほんとに陰気な悲しい色ですね。こうなっても生きてこの世でお逢いし続けることはありがたいと思って、心を慰めてはいますものの、本心の口惜しさ無念さは消えるものではありません。あなたに捨てられた男という世間体のみっともなさはがまんするとしても、深い心の痛みは消えません。今日はこれまでと、人里離れた寺などにお入りになると、ほんとにわたしを嫌われて捨てられたとしか思えませんから、せめてこれ以上そんな目にだけはあわせないでください」

などしみじみ訴えられるのです。こんなお優しさがあるなら、なぜもっと早く示してくれなかったかと思い、

「尼というものは、この世の情愛などは知らないものとかいいます。ましてそのようなことの疎いわたくしはお返事のしようもありません」

と申しあげました。あのお方は、

「情けないことをおっしゃいますね。あなただって、もののあわれのお分かりになったこともおありでしょうに」

と意味ありげにおっしゃって、ちらと赤子のほうへ目を走らせて御覧になるのでした。

相変わらずの皮肉な意地悪の針が出て、わたくしはかえって心がくつろぎ、さりげなく顔をそむけておりました。それでも気がすまないのか、

「誰（た）が世にかたねはまきしと人問はば
　いかが岩根の松はこたへん
赤子がいたわしいことです」

とつぶやかれるのでした。なんという露骨ないやな歌かと恥ずかしくて、思わずその場に身を伏せてしまいました。

わたくしの心の底などどうしてお見せするものですか。決して。死んでも。

横笛

★

よこぶえ

落葉の宮の侍女小少将のかたる

女の生涯というのは、自分の思い通りになるものではなく、すべては連れ添う殿方の運命に支配される頼りないもののように思われます。どんなに高貴の御身分にお生まれになっても、御結婚あそばす相手次第で、その生涯は思いもかけぬ悲しい身の上に流されてしまいます。

わたくしのお仕え申しあげる姫宮さまもその例に洩れません。

今は御出家あそばしてお心静かに世を捨てきっていらっしゃいます朱雀院の皇女という、この上ない御身分にお生まれになったお方でございます。

母君の御息所は、更衣として院にお仕えしていられました。御寵愛の方々の中では身分の低いほうでしたが、噂に高い朧月夜尚侍さまには比べものにはならないまでも、院の御寵愛は厚く、前世の御縁も深かったのか、姫宮までおもうけになったのでした。このお方が女二の宮さまでいらっしゃいます。

御息所は現代風な華やかな雰囲気の、才気のあるお方でございます。わたくしはこの御息所の姪に当たります。兄は大和守でして、その程度が一族の中では代表格の身分ですから、誇れるような家系ではございません。しっかりした後見もないまま、おそらくそんな立場では御息所も宮中ではさぞ肩身のせまいことも多かったのではないかと察しられます。

わたくしは幼い時から御息所に格別に可愛がられ、十二、三の時から女二の宮さまの遊び相手のようにお側近く召され御奉公申しあげました。小少将と呼ばれております。

御息所は朱雀院が世をお捨てになった時に、一条の里邸にお帰りになり、女二の宮さまと静かにお暮らしになっていらっしゃいました。もちろん、女二の宮さまには院から充分の財産もつけていただいていらっしゃって、お暮らし向きにはなんの御不自由もございませんでした。

朱雀院には御子たちが今上帝のほかに、女宮がお四方いらっしゃいましたが、その中で女三の宮さまだけを異常なほどに偏愛あそばしました。女三の宮さまの母女御は、院が東宮時代からお上がりになった方で、中宮にも皇后にもなられる可能性もおありだったのですが、その母君が桐壺帝の先の帝の更衣腹でいらっしゃり、頼もしい後見役も見当たらなかったのでした。そのうち朧月夜尚侍がお入りになって、大后を後ろ楯にした並ぶ者もない権勢におされてしまい、お気の毒なかたちで、世の中に恨みを残したまま、おかくれになってしまいました。

父方からいえば、藤壺の女院や紫上の御父の式部卿宮の異腹の御妹ということになります。その御縁か、宮中での局は藤壺を賜り、藤壺女御と呼ばれていらっしゃいました。

絶世の美女の定評高い藤壺の女院や紫上の御系統ですから、女三の宮さまもさぞかしお美しい方でいらっしゃるのでしょう。こちらの女二の宮さまは、それに比べると見劣りがするなどと、失礼な噂をする向きもございますが、ひいき目なのか、決してそんなことはございません。御母御息所に比べますと、むしろ、地味なおとなしい雰囲気ですが、さすがに御品が高く、内気な中になんともいえないゆかしさと可憐さがあって、慕わしいお方でございます。

朱雀院の女三の宮さまへの偏愛ぶりが異常なため、なんとなく陽の当たらない感じでくすんでいらっしゃいましたが、そういうこともおっとりと受け流し、「あんまり御待遇がちがいすぎる、不公平だ」と、事毎に神経質にお心をとがらせる御息所とは、対照的でした。

御息所は皇女をお産みになったことを生涯の誇りにしていらっしゃいましたので、女二の宮さまは皇女らしく結婚などはおさせにならないで、生涯清らかに誇り高い処女のままお過ごしになるのがふさわしいというお考えをお持ちでした。男と女の愛を中心に起こるさまざまな葛藤の渦を身をもってくぐりぬけていらっしゃった上での、深いお考えでございましょうか。

ところが、全く思いもかけず太政大臣の御長男の柏木衛門督さまから熱心な求婚がありました。

このお方は女三の宮さまがまだ六条院の光君さまに御降嫁になる以前、御執心なさり、御降嫁の件を御父太政大臣や尚侍の君からずいぶん熱心にお願いなさったと聞いております。

結局他の多くの競争者と同じく、その件では光君さまに負けておしまいになったのでしたが、相当のお年頃まで御結婚はされず、北の方には皇女でなければという高い理想を保ち続けていらっしゃったとのことでした。

どういう風の吹き廻しからこの一条の姫宮さまにお目をつけられたのか、熱心な求婚がありました。御息所は、先にも申しました理由から、今更、臣下に御降嫁などはもってのほかというお考えで、ずいぶん反対なさいましたけれど、朱雀院も、御兄君の帝も、この縁談に賛成なさいましたので、ついにしぶしぶお許しになったのでした。

ところが、どういうことか、あれほど熱心に求婚なさったにもかかわらず、結婚生活では、夫婦の情愛が人並に濃いとはお見受けできず、何か冷え冷えとしたものが流れておりました。そのくせ、表向きは北の方として申し分なく丁重に遇し、何くれとなくお心づかいはあるのです。

そんな表面だけ見て世間ではお幸せな結婚をなさったといわれ、朱雀院も、女三の宮さまが意外にも、光君さまから心外なお扱いを受け、傍目(はため)にさえ紫上さまにけおされてみえる待遇なのを残念がり、

「二の宮のほうが、ずっと頼もしい夫を持って幸福だった」

など、お洩らしになったそうでございます。

御息所はそれについて、

「そうとも思えませんよ。衛門督の本心は、どこか他に向いたきりで、こちらの姫宮さまは飾り物のように扱われていらっしゃる。愛のある夫婦というものは、こんなものではありません。お気の毒なので、わたくしはつとめてそしらぬふりをしているけれど、夫婦の語らいもめったにないようにお見受けしています。やっぱり、わたくしがあの時、強く反対しきればよかったのです」

など、かえらぬ愚痴としてお洩らしになることも多いのでした。

姫宮さまのほうでは、そんな冷たいお方のお心を漠然と感じていらっしゃるものの、御自身は心からお慕いになっていられるのが、いっそう御息所にはいじらしく切なくお感じになるのでございましょう。

御子たちにも恵まれない年月が過ぎ、突然、全く思いがけないかたちで、衛門督さまが御発病になりました。得体の知れない不気味な御病気で、熱も出ないのに、ただもう日々に弱りに弱って、食物ものどに通らず、寝たっきりになって気力がなくなるのです。

殿上人（てんじょうびと）の中でも、とりわけ秀（すぐ）れたお方として帝からの御信任も厚く、世間の人々の尊敬と期待も一身に集めていらっしゃるようなお方でしたから、この御病状には人々も驚き、お見舞いも多く大変な騒ぎになりました。中でも一番御親友の夕霧大将（ゆうぎりのたいしょう）さまが心からお見舞いくださるのが、御病人には一番お力になるようにお見受けいたしました。

御息所は、もしものことがあれば、いっそう世間の物笑いになると御心配になり、それにつけてもなんと不運な女二の宮さまだろうとお嘆きになります。女二の宮さまはただもうおろおろと御心痛のあまり、御病人につきっきりで看病なさるお姿が、痛々しくてなりません。

そのうち大臣邸から、重病人をまかせておけないという御態度で、一日も早く、大臣邸へ帰って養生するようにと、きついお達しが矢のような催促でありました。

あんなに冷たい御夫婦仲だったのに、御病気になってからの衛門督さまは、女二の宮さまの御看病を誰よりも喜ばれ、片時もお離しにならないで、御気分のいい時は、

「あなたに何ひとついいこともしてあげられなかった悪い夫でしたね。もっともっと長生きするつもりだったので、そのうち、ゆっくり夫婦らしい時間もとれるものと思っていたのがあさはかでした。心細いあなたを残して、とても死んでゆけない気持だけれど、寿命というものは、人の思惑通りにはなりません。どうもこれが死病のような気がします。もし、わたしがこのまま死んでも、わたしの至らなかったところを許して恨まないでください」

など女二の宮さまのお手をとって、さめざめと泣かれ訴えられたりなさるのです。そんな時、内気な宮さまは、お返事も口に浮かばず、涙でしとどに頬を濡らしながら、ひしと、衛門督さまのお軀を抱きかかえられるばかりでした。

大臣邸からの矢の催促はいっそう繁くなり、御子たちの中でも、最も頼りにして御自慢にしていらっしゃった御長男を溺愛なさるあまり、母君の北の方は、一刻も早く御自分の手許に引き取って看取りたいと言いはられるのでした。女二の宮さまがそうされるのを辛がっていらっしゃる御様子が痛々しく、御息所もたい

そうお嘆きになって、

「世間の習いとして、親はもちろん大切なのはいうまでもないことですが、夫婦の仲というのは、どういう場合でも、特にこんな御病気の時には離れないのが当然の習わしではないでしょうか。このまま別れて、離れ離れに御快復まであちらでお過ごしになるのでは、こちらとしては心配でたまりません。もう少しここに留まってくださいませ」

　とおっしゃり、いっそう手厚く看病しておあげになります。衛門督さまは、

「おっしゃるとおりです。とるにたりないわたくしごときが、及びもつかない貴いお方の御降嫁をお許しいただいた感謝のしるしとしては、せめて長生きして、つまらない自分でも、もっとましな地位に昇進してお目にかけるのが何よりと存じておりましたのに、こんな情けない有様になってしまい、わたくしの深い志のほどもお見せできないまま、むなしく死んで行くのかと思いますと、思いが残ってとてもあの世には旅立てない気がいたします」

　と、お互いにさめざめとお泣きになります。そんなことで、大臣のお邸へのお渡りが遅れていますと、大臣の北の方から、

「どうしてぐずぐずしているのですか。わたしは昔からどんなに気分の悪い時でも、あなたに逢いさえすればなぐさめられたものです。こんな状態では心配でた

まらない」

と、いっておよこしになります。御病人はこれ以上は留まれないとお考えになり、女二の宮さまに、

「わたしが長男のせいか、親たちは兄弟の中でも格別わたしを可愛がり、少しでも顔を見せないでいると、騒ぎたてます。こんな状態になって、命も助からないと思う時、両親に逢わないのも不孝の罪が深くなりますので、行ってきます。いよいよ臨終らしいとお聞きになった時は、こっそりお忍びでいらっしゃって会ってください。必ず、きっともう一度お逢いしましょう。不甲斐ない優柔不断な愚か者で、何かにつけて、頼りなくお思いになったことだろうと、今更後悔されてなりません。こんな短い命とも知らず、まだまだ長生きして、あなたと暮らせると思っていたのに……」

と、泣く泣くお立ち去りになったのでした。

女二の宮さまはひとり残されて、それはもう目もあてられないほど泣き嘆かれたことでございました。

そのまま年も明けてしまいました。大臣邸では、ありとあらゆる御祈禱をして御平癒を祈っていらっしゃるということですが、一向に験があらわれず、御容態は一進一退、かえって次第に、衰弱の度が深く重くなっているとか洩れ聞こえて

まいります。

一月の半ば過ぎでしたか、女三の宮さまが男の御子をお産みあそばしたとか、おめでたい噂が伝わってまいりました。お羨ましいことと話しておりましたところ、御出産から日も過ぎずして、突然、女三の宮さまが御落飾あそばしたとの話を聞き、まさか、何かの間違いであろうと、驚き呆れておりますと、真実、御落飾、しかも御山から朱雀院がお出ましになり、その場に立ち会われたということで、わたくしどもはただもう、あっけに取られるばかりでした。

臣下になられたとはいえ、位人臣を極められた天下一の光君さまの御正妻として、何不自由なく、素晴らしい御生活を過ごされていらっしゃるはずのお方が、しかも光君さまの御子をお産みになって、お手柄をお立てになったばかりで、なんという思いきったことをなさったのでしょう。御息所などは、

「何か、いうにいえない不吉なことが起こったにちがいありません。そうでなくて、こんなことが許されるでしょうか」

と、しきりに首をかしげていらっしゃいました。女二の宮さまに比べて、特別のきわだった御鍾愛を一身に集めていられた女三の宮さまに対して、日頃からなんとなく嫉妬もあって、快くは思っていらっしゃらなかったのに、

「どんなわけがあるにせよ、あんなお若い身空でおいたわしい」

と、同情の涙を惜しみなく流されるのでした。女二の宮さまは、

「羨ましい。わたしも思い切って、出家が遂げられたなら、どんなにせいせいするだろう」

と、つぶやいたりなさるのが不吉でなりません。

それから程もなく、衛門督さまがお亡くなりになりました。臨終のお報せも何もあらばこそ、泡の消えるように、はかなくなられたということだけが、大臣邸から伝えられ、その時はもう、お亡くなりになって、二日もたっておりました。ついに一条のこのお邸をお出ましになった日が、御夫婦の永久のお別れとなったのでございました。

お亡くなりになる直前、急に権大納言になられたとのことも、このお邸では後で知ったことでございます。

大臣も北の方もそれはもうお気の毒で目もあてられぬほどの御悲嘆ぶりと聞くにつけ、そのお悲しみの底から、こちらの女二の宮さまのお悲しみが、まさるとも劣らないとは思いやってくださらないものかと、口惜しくてなりませんでした。

涙のうちに中陰（四十九日）も明け、いつのまにか正確に春が訪れ、お庭の木立は今年も青々と芽ぶき、花は時を忘れず咲きはじめていました。主のなくなったお邸は、広い御殿の中からいつしか人も次第に減り、お好きであった鷹や馬な

ども淋(さび)しそうに、その係の者たちもしょんぼりとして、なすすべもなく日を送っております。

かつてお使いになっていた御調度(みちょうど)の品々もありし日のままに、お弾きになった琵琶(びわ)や和琴(わごん)も、絃がわびしく取り外されたままになっています。

わたくしたち女房も、みな鈍色(にびいろ)の喪服を着ておりますので、家の中が暗く、活気は全くありません。

弔問の客もいつしか途絶えてしまったそんなうら淋しい春の昼さがりのことでございました。

すっかり忘れていた前駆(さき)の声がはなやかにして、この門前に止まった人があります。

「ああ、故殿がいらっしゃったのかと、ふと思ってしまいましたわ」

といって、泣き出す女房もいます。

夕霧大将さまがお訪ねくださったのでした。

時たま、故殿の弟君の弁(べん)の君や宰相(さいしょう)さまが訪ねてくださっていたので、そういうお方かと思っていたところ、夕霧大将さまは、恥ずかしいほど御立派な頼もしい御様子で、入っていらっしゃいました。

母屋(もや)の廂(ひさし)の間(ま)にお通しして、女房たちの応対では相すまないと、御息所が御対面してお迎え申しあげました。

「御不幸について悲しんでおります気持は、肉親の皆さまに劣るとも思えませんのに、御血筋の者でないために遠慮もあって、ついついお訪ねするのも今頃になってしまいました。

御臨終の時に、衛門督さまからお聞きしたこともあって、決してこちらをおろそかに思っていたわけではありません。大臣や北の方が、身も世もなくお嘆きの御様子を拝するにつけましても、御夫婦の間で、どんなにかこちらの女宮さまの御悲嘆はお深いことかとお察し申しあげます。どうせ、わたくしも、やがては後を追い、あの世にまいる者ですが、その日までは、できるだけ御面倒をみさせていただきたいと思っております」

と、涙をおし拭い鼻をかみながら、しみじみお慰めになります。爽やかで凛々しい中にもおやさしさや温かいお人柄がにじみ出る優雅なお方です。

御息所も鼻声になられて、

「こういう悲しい別れは世の定めでございましょう。どのような辛いことも、わたくしのような、さまざまな試練に耐えて生き長らえた者には、あきらめもつくものでございますが、宮さまは、ただもう思いつめてばかりいらっしゃって、今にも御後を追いそうな気配にさえ感じられます。これまでも不如意な想いばかり重ね生きてきたわたくしが、今更になって、どうして若いふたりの不幸な世の末を見なければならないのかと、情けなくなります。

あなたさまは故殿とはたいそうお親しい仲でいらっしゃいましたので、きっとお聞きになっていることと思いますが、もともとこの御縁にわたくしは最初から反対でしたが、大臣がたってと御所望なさるし、院も御賛成になりましたので、無理に自分の気持を曲げて、あの方をお迎えしてしまったのです。こんなことになるなら、つまらないわたくしの考えを押し通すのだったと悔やまれてなりません。

皇女というものは、独り身を通されるほうがゆかしいと、旧弊なわたくしは今でも思っております。こんなことになるなら、いっそのこと、同じ煙にまぎれておしまいになられたほうが、かえってお幸せかとさえ考えてしまいます。しかしそうもまいりませんし……こんな淋しいところへ、御親切にお見舞いくださいましてありがとうございます。そのような亡きお人とのお約束があったとは少しも存じませんで……。実はあの方は、いざ結婚してみると、さほど夫婦の御情愛が深いとも見えず、わたくしはそれも苦の種で気をもんでいたのですが、臨終の時には誰彼に、こちらのことをよくお頼みくださった御様子で……やはり、愛情は人並に持っていてくださったのかと、悲しみの中にも少しは心なぐさまるのでございます」

日頃淋しく暮らしているせいか、御息所は、そこまで言わないでもと思うことまで、大将さまに打ち明けるので、聞いていてはらはらいたしました。大将さまは一々やさしくうなずいて、御息所のお気持が納得するまでお慰めになり、立ち去られました。

亡きお方は、大将さまより五つ六つ御年長で、三十二、三歳でいらっしゃいました。優雅で若々しくお美しかったのに比べて、大将さまは、まことに生真面目(きまじめ)を絵に描いたようなお方で、重々しく御立派です。お顔だけが若々しく気高い美しさに輝いていらっしゃいます。

わたくしたち女房は、そのお姿を拝しただけで、日頃の暗く閉ざされていた心にも光がさしこむように思われ、いそいそとお見送りに出るのでした。

それ以来、大将さまは、一条のお邸をたびたびお見舞いくださるようになりました。

それは四月に入ってからのある日のことでした。いつものようにお訪ねくださった大将さまは、すっかり青みわたった庭の樹々(きぎ)を見上げながら、前栽(せんざい)の青草をかきわけていらっしゃいました。

もう伊予簾(いよす)をかけ渡して、鈍色の几帳(きちょう)も薄い透ける絹にとりかえ、夏を迎える用意をした邸の、簀子にお坐りになりました。茵をさし出しましたものの、あまり端近な場所なので畏れ多く、御息所に申しあげて、いつものように応対してくださるようお願いしました。ところがこのところ御気分がずっとすぐれず、大方ふせっていらっしゃるので、すぐにもお出迎えができません。なんとなくわたくしなどが場つなぎにお相手しておりますと、大将さまは柏木と楓が、若々しい若葉に燃えて、枝をさし交わしているのを見つけられ、

「どういう前世の因縁からか、梢がひとつになっているのは頼もしいですね」

などとおっしゃって、静かに近づいて、

「ことならばならしの枝にならさなむ
　葉守の神のゆるしありきと

いつまでも御簾の外の、分けへだてのあるお扱いがうらめしいことです」

と言いながら、長押に寄りかかってお坐りになりました。その今までにないくつろいだ御様子が、あだっぽく艶で、しなやかに見え、若い女房たちはひそひそと袖をひきあっています。

簾の奥にいらっしゃった女二の宮さまは、わたくしを通して返歌なさいました。

「かしは木に葉守の神はまさずとも
　人ならすべき宿のこずゑか

無遠慮な突然のおことばに、お気持のほどがあさはかなお方のように見えてまいりました」

と、おっしゃるのです。

「どうせなら、連理の枝のようにお親しい仲になりたいものです、葉守の神のお許しがあったとして」

という大将さまの呼びかけに対して女二の宮さまは、

「柏木に葉守の神がいらっしゃらなくとも、人を馴れ馴れしく近づけお宿できるような所ではありません」

とこっぴどく拒絶されたお歌で、それを聞くと大将さまはかえって、はじめて女二の宮さまの手応えを感じたように、にっこりされたのでした。

ようやく御息所が奥からにじり出ていらっしゃる気配をさとって、大将さまはあわてて居ずまいを直されました。御息所はほんとにお苦しそうに、御自分のお加減の悪いことや、お見舞いに感謝していることなどを細い声で申しあげ、大将さまはそれに、いつものようにやさしく丁寧に応対なさるのでした。そのお姿は、明るく爽やかで、亡きお方のやさしく優美だったのと対照的に思われます。

それでも、やはりお訪ねくださるお心の本音は、女二の宮さまへの恋情であったのかと、今は目的もはっきりわかってしまいました。

やがて、早くも亡きお方の一周忌を迎えてしまいました。世間のどなたも、故人を知るかぎりの人々が、日が過ぎゆくにつれて、何かにつけて亡きお方をおしのびし、なつかしがってくださるお噂が、喪にひきこもっている一条のお邸にも、ひしひし伝わってまいります。

その年の秋の夕べのもの淋しい折から、大将さまは、例によって一条のお邸へお渡りになりました。

たまたまつれづれのままに、お邸ではお琴などとりだし弾いていらっしゃるところでした。あわてて取り片づける閑もなく、楽器はそのままにして、南の廂の間にお通し申しあげました。

女二の宮さまはにじってさっと奥へかくれてしまわれました。去年の四月の頃、はじめてお心の中をほのめかせて以来、女二の宮さまは大将さまをすっかりお嫌いになり、もうお見舞いをありがたがらなくなっています。

いつものように、御息所が御対面になり、亡き方の思い出話など語り合われるのでした。

「いつお伺いしても、こちらはほんとにお静かでゆかしく、別世界にまぎれこんだような気がいたします」

としみじみおっしゃる横顔を見て、わたくしはつい先ほど、親類の者から聞いてきた大将さまの御家庭のことを思い出し、こみあげる笑いをおさえました。

大将さまの律義な真面目さは、誰知らぬ者もない折紙つきです。北の方の雲居雁さまとは、筒井筒の可愛らしい恋を、長い年月かけて実らせたお仲だけに、御子たちも次々お生まれになって、たいそうな子福者でいらっしゃるようです。こんな生真面目な方でも、北の方おひとりを守りきることはできないのか、光君さまの腹心の惟光どのの娘に当たる藤典侍との間にも、たくさんの御子をおつくりになっていらっしゃるそうです。

「律義者の子沢山の代表ですわ。北の方には太郎君、三郎君、五郎君、六郎君の男の御子たちのほかに、中の君、四の君、五の君と姫君がいらっしゃいます。典侍の御腹には、大君、三の君、六の君の姫君、二郎君、四郎君の男の御子と、すべて合わせて十二人もいらっしゃるのですよ」

と教えてくれた人は両掌を使って指を折ってみせ、笑わせてくれました。御子たちが多いので、お邸の中はどこも御子たちが走りまわったり、おいたをしたり、這い這いしたりして、もう乱雑で騒々しくて、耳もふさぎたくなるほどだそうです。

北の方も、美しい若々しいお方だけれど、子育てに夢中になって余裕もなく、髪を耳ばさみして、ゆたかなお胸の前をはだけて、赤ん坊にお乳を吸わせたり、もうお色気もおしゃれも全くなくなっていらっしゃるそうでございます。

そんなお話を聞いてからは、大将さまが、美しいお召物に、あたりいっぱいに散る名香をたきしめて訪れていらっしゃるのを見ると、なんだか乱雑を極めているというお邸の、どこでこんなおしゃれをあそばすのかしらとおかしくなってしまうのです。

大将さまが、そこに置かれたままの和琴をお引きよせになって、律調に合わせてあるのをたしかめられました。

「たいそうよく弾きこんでありますね」

とひとりごとのようにつぶやかれ、琴にしみこんだ女二の宮さまの移り香をなつかしそうに目を細めて味わっていらっしゃいます。

御自分の胸の想いをつとめて抑えこもうとでもするように、何か思いつめた表情で、お琴をかき鳴らしはじめました。

亡きお方の形見の楽器を、どういうお気持で弾かれるのか、少しかき鳴らしてから、

「ほんとにあの方はなんともいえない結構な音色をお出しになったものでした。すべてのことにすぐれていらっしゃったあり余る才能の方でしたけれど、音楽にかけては全く天才的で、六条院の父光君も、よくほめていらっしゃいました。

このお琴にはあの方の素晴らしい音色がしみついておりましょう。どうか宮さまのお手でそれをお聞かせいただきたいものです」

　とさりげなくおねだりなさいます。御息所は、

「お亡くなりになって以来、結構なあの琴の音が聞かれなくなってからは、もうとんと、お琴にお手もかけられません。昔は院でお琴の競演があった時も、相当のいい御評価をいただいたものでしたが……今はまるで別人のようにすっかりうつけた有様で沈みこんでいらっしゃいます。なんの楽器にも手さえ触れようとはなさらないのです。まあ、何につけ、亡きお方を思い出すよすがになるのがお辛いのだろうとお察ししていますけれど……」

と、しみじみお話しになりました。

　そう聞くと大将さまはいっそう女二の宮さまのお琴の音が聞きたくなるのでしょうか、お琴を御簾のほうへ押しやって、

「ぜひ……お聞かせください」

　とねだられるのでした。

　御簾の中ではなんの答えもなく、折から月が上り、澄みきった空に雁(かり)が仲間から離れず渡っていきます。夜風が冷たく、しみじみとした気分に誘われたのか、珍しく、女二の宮さまは箏(そう)の琴(こと)をほんのかすかにかき鳴らしてごらんになりまし

た。深みのあるその音色に大将さまも興をそそられたのか、琵琶をとりよせお弾きになったのは「想夫恋」の曲でした。

「なんとかお言葉を」としきりに迫られると、女二の宮さまは、「想夫恋」の終わりのほうを少しばかりお弾きになりました。それはしみじみとした凄いほどの音色でした。

やがてその夜も更けきり、名残惜しい別れをつげ、大将さまがお帰りになる時、御息所が、

「今夜の風流は、亡きお方もお咎めにはなりませんでしょう。この笛は由緒深いお形見の名笛だと伺っております。こんな草深いところに埋もれさすものではないと思いますので、あなたさまにさしあげます」

と言って、横笛を一管さしあげました。

大将さまはそれをほんの少しお吹きになって、亡きお方を想い出されたのか、感きわまったお顔つきで、涙をこらえていらっしゃるのでした。

「亡き方はこの笛を殊の外愛玩なさって、いつかわたくしに、とてもこの笛の音色をすべて吹きこなすことは、わたしの一生にできそうもない、そのうちこの笛に執心の人が出てきたら、ぜひ伝えたいと思っている、とおっしゃったのを今、思い出しました。とてもわたくしにはこの名笛は吹きこなせません」

とつぶやかれて、それでも笛を大切そうに抱かれたまま、立ち上がられました。

「露しげきむぐらの宿にいにしへの
　秋にかはらぬ虫の声かな」

と、御息所が詠みかけられると、大将さまは、

「横笛のしらべはことにかはらぬを
　むなしくなりし音こそつきせね」

と、お返しになりました。

月はいよいよ明るく、夜はしんしんと更けわたってゆきます。

月に照らされた大将さまの横顔に、なやましい恋のかげりが浮かんでいると見たのは、わたくしのひが目だったでしょうか。

夕霧

★

ゆうぎり

落葉の宮のかたる

　このところ母君のお加減がずっとよくなくて、お苦しみだったので、叡山の律師で物の怪など祓う験力のあらたかなお方にお願いして、祈禱してもらうことになりました。

　律師は修行のため籠山なさり、下界には下りていらっしゃらないというので、叡山の麓の小野の里の別荘に、母君が出かけて、そこまでなら、来てくださるという話になりました。亡き夫の衛門督の弟たちは、それぞれの忙しさにかまけてか、このところさっぱり見舞ってもくれないので、母を運ぶ車の手配など頼める人は誰もいません。夕霧大将さまがお車をはじめ、前駆の者や引っ越しの手伝いをする人々まで、すっかり御心配くださり、こまごまと気を配ってくださるのでした。

亡夫の親友とはいえ、生前はそれほど親しく邸に出入りしたこともなかったのに、亡くなってからは、はた目にも恥ずかしいほどまめにお見舞いくださるのでした。さすが光君さまの御嫡男だけあって、凜々しく美しく上品で、うっとりするような美男ぶりだと、はしたない女房たちが、もうそれだけでもいきいきと、しおれた花が水を吸い上げるように陽気になってくるのでした。

　わたくしは御臨終にも呼んでいただけず、しかも死に目にあっていないためか、まだ故殿が亡くなったという実感がなく、今にも、あのさわやかなお姿を見せてくださるような気がして、終日ぼんやりと日を送っていたのでした。

　決して幸福な結婚だったとは思えず、夫婦になってからも、何かしらあの方は、わたくしと向かい合っていても、抱いていても、どこか心は遠くにさまよっているようなうつろな感じがしておりました。あの方ひとりしか殿御というものを知らないわたくしでさえ、男と女の睦みあう時は、もっと、身も心もひとつに溶けあって、ふたりしてひとつの夢を見るのではないかと想像していましたのに、あの方の心の底の底には、妻といえども覗くことの許されない密室がかくされているようで、わたくしは、いつでもなんとなく取り残されているような、背中のうそ寒いような気ばかりしておりました。

　それでもお亡くなりになる一年ほど前からは、おからだの弱ってきたせいか、ほとんど一条のわたくしの邸に落ち着かれて、なぜか致仕大臣邸へもいらっしゃらず、一条に来てお泊まりになるほうが安らぐふうに見受けられました。その頃から、時々、少し御気分のいい時は、しみじみわたくしの手をおとりになったりして、

「ほんとにあなたには心に思う万分の一も尽くしてあげられなくて……いつでも淋しい想いばかりさせて悪かったと思っています。どうか早く死んでいくものをあわれと思って、すべての罪を許してやってください」

などとお泣きになることが多くなりました。

「どうしてそんな悲しいことをおっしゃるのでしょう。皇女と生まれたところで、わたくしのように、なんの魅力も取柄もない女は、多くの幸せを望んではいません。あなたのゆたかな才能や、深いお心に添いきれなくて、さぞ、つまらない想いをおさせしたのでしょう。あやまらなければならないのは、わたくしのほうかもしれません」

と言えば、あの方は、ものも言えないほどせぐりあげて、さも苦しそうになさるのでした。性質の悪い女の物の怪がついているなど、人は申しますが、わたくしは信じていませんでした。それは夫婦ですもの、濃い語らいはなくとも、長い間連れ添った歳月が、あの方の心の翳りくらいは見ぬけるようになっていました。

何かしら、心に抱いた苦しい想いがあって、あの方はずっと自分で自分をさいなんできたのです。もしかしたら、それは許されることのない道ならぬ恋にでも取りつかれていたのでしょうか。それなら誰と想いめぐらしてみても、世間のことは一向に知る由もないわたくしなどに想像もできるわけがありません。

　わたくしをたってと望まれる前に、あの方は、妹の女三の宮をいただきたいと、父君の朱雀院にお願いしたとか聞いています。母君はそのこともあって、

「妹がだめなら姉などと、軽々しく考えてもらっては困ります。光君さまに女三の宮を奪われたからといって、その恋を貫きもせず、やすやすと、こちらへ乗りかえてくるような、その志の低さがわたくしはいやなのですよ。皇女と生まれたからには誇りを高く持って、世間並な結婚などすることはないのです。帝か東宮のお妃にでもなるならまだしも、臣下に降嫁するなんて、もってのほかです」

と、ずいぶん衛門督を嫌ったものでした。それでも時の勢いでとうとうわたくしが結婚して後も、衛門督を、冷たい、やさしくない、わたくしをもっと大切にすべきだと、文句ばかり言っていたようです。さすがに面と向かっては申しませんが、気を許した女房などには、ずいぶん愚痴をこぼしていたようでした。

　あの方の最期の、大臣家のなさり方に対しても、母君はそれはもう心底から怒っていました。わたくしどもになんの後ろ楯もないから、こんな馬鹿にした扱い

をなさるのだと恨むのです。

　わたくしはそうとは思えず、どんなに大臣家でお引きとめになっても、あの方に、わたくしへの愛情が人並におありなら、這ってでも来てくださるはずだと思うのです。やはりあの方はわたくしに対しては可哀そうなことをしたという気持はあっても、命の終わり頃には、もっと心を捉えられている心配事があったのではないでしょうか。

　それでもあの方は夢でお別れに来てくれたのです。母君にも誰にもそのことは話してありません。話せば、すっと夢の想い出まで拭ったように消えそうな気がして惜しかったからです。

　夢の中のあの方は、僧形の青々としたつむりになって、わたくしのほうを見つめていました。目にも口にも光のような微笑が浮かんで、あの苦しそうなお顔ではありませんでした。何かよほどよいことがおありだったのかと、わたくしが訊こうとした時、あの方はわたくしに合掌するようにして、すうっと、後方へ遠のいていってしまったのです。糸にひかれて凍った湖の上をすべっていくような姿に見えました。

　いつ、わたくしも髪をおろし、あの方の菩提を弔うだけの生活にしようか、母君の御生前は、あまり深いお嘆きを与えてはいけないので、誰にもいわず、こっそり写経や勤行(ごんぎょう)に精を出し、機が熟した時、至極自然な形で出家したいと心の底に決めていたのです。女三の宮が御子を産んだばかりで突然出家したと聞いたのは、まだあの方の亡くなる少し前のことでした。

そんな気持になったもうひとつの動機は、あの方の弟の左大弁(さだいべん)が、しげしげ見舞ってくれるのはいいのですが、兄のかわりになどという横恋慕をあまりにも露骨にあらわしてきたからです。後見のないせいで、こんな時、こんな屈辱を味わわされるのかと思うと、もう一日も早く、こういう世の中を逃れたいと切望せずにはいられませんでした。

左大弁に比べると、夕霧大将さまは、およそ、そういう卑しい下心などは見せず、ひたすら、真心で、頼りないわたくしたちを案じてくださるようでした。小少将(こしょうしょう)の申しますには、大将さまは、光君さまがわざときびしくなさって、昇進を遅らせたので、幼なじみのいとこどうしの雲居雁(くもいのかり)さまとの結婚は難儀して、ずいぶん辛(つら)い想いもなさったとか。

「何しろ、あんな堅物(かたぶつ)の生一本の殿御なんて今時珍しいお方でございますよ。御父上の光君さまが、あんまり華やかに色好みのお噂(うわさ)がお高いだけに、かえって、御子息が堅物になるのでしょうか。真面目(まじめ)一点張りの殿方というのは頼もしいけれど、やっぱり、どこか窮屈で、扱いにくうございますね」

など、不謹慎な噂をするのをたしなめたことがあります。母君などは、もうすっかり、このまめ人に気を許してしまって、いつでもいらっしゃるのを待ちかねて、さまざまなお話をするのが何よりの愉しみになっていたようです。大将さまがやさしいのをいいことにして、母君がいつもいつもこの結婚には反対だったのにと、昔のかえらぬ愚痴をお聞かせするのが恥ずかしくて、わたくしはいつでも、夕霧大将さまがいらっしゃると奥の方へかくれ、ちらりともその御様子を覗こうともしないのでした。

それでも、なんといいますか、女には不思議な勘のようなものがございます。それとも左大弁でこりて、わたくしが殊更自分の身を護ろうとする警戒心が強く、疑い深くなっているのでしょうか。なんの下心もなく、殿方が頼りない女所帯に近づき、親切にしてくださるでしょうか。わたくしの心の底に漠とした不安はありながら、小少将にさえそんなことはいえず、どうなることかと案じていました。

母君の小野でのお世話を、親身の息子でも及ばないほど至れり尽くせりにしてくださったので、母に代わって、どうしてもお礼を申しあげなければならず、ほんの一行ほどですが、丁寧なお返事をさしあげました。それがかえって仇になって、いっそう大将さまのお心をかき乱したようでした。

早いもので衛門督が亡くなったのも、もう二年も前のことになっていました。

大将さまが一条へ折にふれ見舞ってくれた歳月も、足かけ三年ということになります。

中秋の名月の頃でした。大将さまは母君の見舞いということにして、前駆の人数もひかえめに、しのびやかに小野の山荘へ訪ねていらっしゃいました。仮住まいなので、何かと手狭で、母君は寝殿の北の間にいらっしゃり、わたくしは西側の部屋を居間にしていました。ささやかな小柴垣を押していらっしゃった大将さまを、病人の寝ている北廂には招じ入れることができないので、仕方なくわたくしの部屋の簾の前にお通しして、小少将などが、母君の言葉をお取次ぎしました。

わたくしはできるだけ奥の方に息をひそめるようにかくれているものの、なんとしても手狭な家なので、衣ずれの音さえ聞きとがめられそうで気もそぞろになります。

大将さまは、そんな扱いが御不満で、

「こうして参上して親しくさせていただくようになって、もうはや足かけ三年にもなりますのに、いまだにこの上もなく他人行儀なお扱いを受けるのが心外でなりません。このような御簾の外で人づての御挨拶をようやく申しあげるとは、今まで経験したこともありません。どんなに古めかしい気のきかぬ者よと、あなた方に嘲笑されているかと思うと恥ずかしくなります。もっと若かった時に、色めいた振舞いに馴れていたら、今頃、こんな不馴れなことで恥ずかしい想いもしないですんだでしょうに。こんなに律義一途に、いつまでも通している人間はまたといまいと思われます」

とおっしゃいます。女房たちも同情して、

「あんなに言っていらっしゃるのですもの、なんとか一言でも直々のお返事をあげてください」

と言ってきます。仕方なく、

「母上御自身でお返事しなければなりませんけれど、容態がひどく悪くて……わたくしも看病疲れで人心地もない有様でして……なんとも申しわけございません」

と、答えました。大将さまはその声で、

「あ、これは宮さま御直々のお声でしょうか」

と、居ずまいを直され、

「おいたわしい御病人のことを、身にかえてもとお案じ申しあげておりますのも、なんのためでしょうか。実をいえば、御息所がよくおなりになって、あなたさまが、心から御安心なさるのを見守りたいからでございます。それを全く御息所のお見舞いばかりに伺っているようにとられて、この歳月のわたくしの心のうちを少しもお察しくださらないのはあんまりつれないお扱いだと思います」

とおっしゃいます。女房たちも、

「ほんとにそうでございますとも」

と同情するのでした。

日がかげるにつれ、空の風情もあわれに、霧がたちこめて、山の陰は小暗く、蜩がしきりに鳴き、前栽の撫子が夕風にゆれなびいている可憐な色がやさしく、水音も涼しく聞こえる中に山おろしの風が淋しく松の梢にひびいて聞こえてきます。不断経を読む僧たちも、交替の時が来て、鐘を打ち鳴らしている中に両方の僧たちの読経がまざりあって尊く聞こえてきます。

そのうち病人がひどく悩まれて、女房たちも大方そちらのほうへ集まり、わたくしのあたりは人少なになってしまいました。霧が軒端まで忍んできて、しめやかです。いつまでいらっしゃるつもりだろうと、情けなくなっていると、大将さまのほうでは好機を得たとばかりに、

「霧が深くて、帰る道もおぼつかなくなってまいりました」

など言って、今まで忍んできた想いも、もう耐え切れなくなったなど、色めいた気持をあつかましく訴えてこられたのです。ああ、やっぱりそうだったのかと

興ざめして、何をおっしゃっても返事もせず無視しきっていましたら、大将さまのほうでも次第に図々しくなって、腹心の御家来だけを少し残し、随身たちは栗栖野の庄も近いから、馬に秣をあたえるため、そちらの方へ散れ、とお命じになり、今夜は泊まると宣言なさるのでした。

「この霧ではどうしても帰れません。このあたりに宿らせていただきます。同じことなら、この御簾の側を拝借させていただきましょうか。阿闍梨の勤行の終わられるまででもここで……」

などさりげなくおっしゃいます。

今までは、こんなに無遠慮に長居したり、婀娜めいたそぶりなど全くお見せにならない律義な方だったのにと、もう情けなくうっとうしくてなりません。

母君のほうへ行ってしまうのも露骨で見苦しいと思い、音もたてずにじっとしていますと、まあ、あきれたことに、取次ぎの女房がにじりよってくる後ろから、ついと御簾の中まで入っておしまいになったのです。夕暮れに霧がたちこめ、部屋の中は暗くなった頃でした。女房があきれて、後ろをふりかえり声も出ません。わたくしはただもう気味が悪く、あまりの無礼さに反射的に北側の障子の外へ逃げようとにじり出てしまいました。わたくしの軀だけは障子の外へようやく逃れたと思った時、大将さまがわたくしの衣裳の裾を押さえてしまわれたのです。障

子は外からは鍵がかけられないので、わたくしはぞうっとして、軀は氷のように冷えておののきました。女房たちも狼狽しきって、

「なんということを……そんなお心とは夢にも思いませんでしたのに……」

ただおろおろして泣かんばかりになじっても、大将さまは妙にふてぶてしくなって、

「こうしてただお側にいるというだけなのに、そんなにひどくなじらないでもいいでしょうに……物の数でない身にしろ、この歳月わたくしがどんなに切なくお慕いしてきたかくらいは察していてくださったはずでしょうに」

急に落ち着きはらって、くどくどと胸のたけを打ち明けられるのです。

わたくしのほうはもう耳にも入らず、かりにも内親王といわれる自分に対して、こうも軽々しい扱いをなさるものよと、口惜しさばかりで、胸のうちが煮えかえるようです。

「なんという情けない子供じみた御態度なのでしょう。人知れずお慕いしてきた気持を抑えかねてこうしたはしたない所業に及びましたことは申しわけございませんが、これ以上、馴れすぎた御無礼な振舞いは決していたしません。ただこれまでもどれほど胸の千々に砕ける悲しみに耐えてきたことでしょう。いくらなんでもあなたさまだって、そんなわたくしの気持はお気づきくださっているはずで

しょうに、わざと気づかぬふりをなさって、他人行儀に冷たくあしらわれますので、お話し申しあげるきっかけさえつかめませんでした。

もうこうなっては仕方がございません。無礼千万なやつとお怒りをこうむりましょうとも、このままでは胸の中で朽ちてしまうしかないわたくしの辛い想いを、はっきり申しあげようと存じましただけでございます。いいようもなくつれない御態度が恨めしく存じますものの、もったいなくて、これ以上はわたくしに何ができましょう」

と、ひたすら情深くものやさしくひかえていられます。わたくしが必死に外から障子を押さえているのなどは、なんのつっかえにもならないのに、大将さまは強いて引きあけようともせず、

「こんなはかない隔てをさえ、無理に守ろうとしていらっしゃるのがおいとしい」

とつぶやき、それ以上の思いやりのない態度はつつしんでいらっしゃいます。

「おひとりになってから、ずいぶん御苦労なさったのでしょうね、こんなに痛々しくおやせになって。でも、その絶え入りそうな華奢（きゃしゃ）なあなたのなんと可憐なこと……」

などひとりごとのようにつぶやくのも、わたくしにとっては気味悪いばかりな

のです。

亡くなった夫から、それほど愛された記憶もない淋しい女でも、こんなかたちで男に踏みこまれる侮辱には耐えられません。このまま石にでもなってほしいと、貝のように口を閉ざしたきりでいるのが、さすがに口惜しいのか、

「まだこうもかたくなにわたくしを拒否なさる御様子に、かえって浅々しいお心の底がうかがわれます。わたくしはこんな世にも稀な間抜けの人間ですし、御心配のいらない点も保証つきですが、何事も気軽に考え振る舞える身分の者は、わたくしのようなのを愚鈍だとあざけって笑いものにし、情ない仕打ちもいたします。あまりひどくあなたさまがお蔑みになりますので、わたくしも心を静めかね、これ以上おとなしくはしていられないような気持がしてきます。あなたさまだって、男女の仲をまったくご存じないというわけでもございますまいに」

とお責めになるのも、ただもうわびしく情けなく、お返事のしようもありません。一度夫を持った身だから誘惑しやすいように思われているのも口惜しく心外で、こんな不運な身の上がまたとあろうかと思いつめると、いっそ死んでしまいたいような気持になるのでした。

「不本意な結婚をしてしまった自分の過ちを思い知ったとしても、こうまで浅ましいあなたのお仕打ちを、どう考えたらいいのでしょう」

という声も涙にかすれて、

「われのみやうき世を知れるためしにて
濡れそふ袖の名をくたすべき」

自分だけが不幸な女として夫に先立たれて悲しむその上に、さらにあなたのことで悲しい噂の女にされなければならないのだろうかという思いが、つい、ひとりごとのように小さい声で口を洩れてしまったのです。そのとたん、ああなぜ、歌など聞かせてしまったのかと悔やまれると、大将さまは、

「まったく失礼なことを申しあげてしまいましたね」

など言いながら、かすかに笑っている気配で、

「おほかたはわれ濡れ衣をきせずとも
くちにし袖の名やはかくるる

どうせ、わたくしが濡れ衣を着せなくても、一度柏木衛門督に降嫁なさった噂は消えるものではないでしょう。いっそくよくよせず、いちずにわたくしになびくようお心を決めてください」

とおっしゃると、明るい月のさしているほうへお誘いになるので、なんということかと呆れてしまいます。誰がたやすくなびいたりするものかと思っていると、あっという間もなく軽々と引き寄せられてしまったのです。

「これほど思いつめているまたとないわたくしの気持をお見知りおきくださって、お気をお楽になさってください。決して決して、お許しのない以上、無体なことはいたしませんから」

きっぱりとおっしゃっているうちに、夜明けも近づいてまいりました。

暁の月は隈もなく澄み渡って霧にもまぎれず明るくさし入ってきます。深くもない廂の軒は、なんの覆いにもならずいかにも端近な感じがするので、月の面とさし向かっているようで恥ずかしく、わたくしは顔を隠そうとせずにはいられません。大将さまは、亡くなった夫のことなどをあれこれ思い出話をして、なぐさめてくれるつもりでいるらしい、と思う口の下から、衛門督より自分をずっと粗末に扱われるのがうらめしいなどくどくど愚痴をくりかえすのです。亡き夫は、官位こそまだ低かったものの、周囲の誰もが喜んですすめてくれた縁だったので、ほだされて夫婦になったのです。それでさえ、あんな情けない目にもあわされ、ないがしろに扱われたものです。ましてこの大将さまとの間に、何か起こったりすれば、大将さまにとっても舅に当たる致仕大臣などがどうお思いになるだろう。世間のそしりは別として、山の院がお聞きになったらなんとお思いになることか。

あれこれ人の心のうちを想像しただけで、残念でたまりません。たといわたくしが気を強く持ってこの人を拒み通したところで、一夜泊めてしまった男を朝帰りさせたのでは、世間の噂は言い訳もきかないだろう。病気の母君がこんなことを少しもご存じないのも辛い。後でお耳に入った時、あまりに他愛(たわい)ないとどんなにお叱りを受けることか。

「せめて、夜の明けぬうちにお帰りくださいまし」

と、せきたてることしかできないのです。

「ああ、情けない。いかにも恋が実ったように朝帰りしていくのですか。分け入る朝露にだって恥ずかしいですよ。そうまでおっしゃるなら、覚えていてください。こんな間抜けたところをお見せした上、うまくだまして追っぱらってやったなど思われて、今後わたくしを相手にしてくださらないようなら、その時こそわが心を制御できますまい。今までは持たなかったけしからぬ了見も持つかもしれませんよ」

など、おどすようにおっしゃって、さすがにそれ以上のことは何もなさらず、

「こんなにして無理やり追いかえすから、きっとあなたは濡れ衣を着せられてしまいましょう」

など憎まれ口をきき、朝露にまぎれてようやくお立ち去りになりました。

たしかにいやな浮名が世間に洩れ流れそうな予感がします。それでもせめて自

分の良心に咎めがなく、潔白でやましいところはないときっぱりと言い返すしかないと考えたので、取りつく島もないようによそよそしい態度で、

「この上まだ濡れ衣を無理にも着せたがっていらっしゃるのですか、なんという方でしょう」

と言ってやりました。

大将さまからはすぐお便りがまいりましたが、開いてもみません。いきなり、あんな浅ましい目にあわされたことが、今更思い出しても恥ずかしく口惜しく、けしからぬ不躾な振舞いが許しがたいのでした。今までのさも実直そうなのも見せかけで、油断させるためであったのかと、かえって腹立たしくなります。

何よりも母君のお耳に入った時のことを思うとたまりません。いっそ女房たちが、それとなく、昨夜のことをみんなお話しして、きわどい目にあったけれど、無事に身は守り通したことまで話してくれたほうが楽だとさえ思われるのでした。母君が情けないとお思いになったところで、仕方がないと思われます。これまでわたくしたち親子は珍しいほど秘密を持たずに過ごしてきたのでした。

女房たちのほうでは、まだどういうこともなかったのに曖昧な話をお耳に入れて、かえって、あれこれ心配させては悪いとしめしあわせて、あの夜のことは内緒にしておこうという腹のようでした。

小少将が、

「それにしても、返事を全くなさらないのも、あんまり子供じみていると馬鹿にされないでしょうか」

など言って、手紙を開いて見せようとしますので、

「およしなさい、みっともない。油断して、あの程度にせよ近づけてしまったのが口惜しくてならない。わたくしが馬鹿だったのだけれど、それにしてもあんまり踏みつけたなさり方なので、思い出しても腹が立つのです。拝見できませんとお返事しなさい」

と腹立ちまぎれにきつく言って、臥せってしまいました。女房たちは、

「いったい、おふたりの仲はどうなっているのでしょうね」

「普通の後朝のお手紙とはちがいますよ。もっと嬉しい愉しいと書くものですよ。それなのに、このお手紙は……」

など、ひそひそ囁きあっています。女房たちもほとんどが、わたくしと大将さまの間に何かあったと考えているのかもしれません。

案じていた通り、思いがけないことから、母君があの夜のことを耳にされました。勤行の律師が、大将さまの朝帰りの姿を見てしまったというのです。すぐ小少将が呼ばれました。小少将はわたくしの潔白をきっぱりと説明したそうですが、

一徹な律師が、頑固に右大将の君が朝帰りなさるのをたしかに見たと言い張り、この縁はよくないと忠告したので、この噂はたちまち広がるにちがいないと心配していらっしゃるというのです。とうとうわたくしは母君の病床へ呼びつけられました。昨夜以来、額髪もぬれるほど泣き沈んでおりましたが、抗(あらが)った時ほころびたままの着物もさすがに気がひけて、着がえをして出かけました。親子とはいえ、母君はわたくしの内親王という立場を重んじて、日頃とても丁重に扱ってくださるのでした。

大殿油(おおとなぶら)を急いでともしたり、お膳を出したりして、食事をすすめてくれるのです。あれ以来、食欲は全くなくなっているのに、器の置き方をかえたり、箸をとってくれたりして気を使われるとかえって辛くなります。

母君は小少将の言葉より、律師の話のほうを信じこんでいて、大将さまとわたくしが一夜を過ごし結ばれたものと思いこんでいます。

折悪(あ)しく、そこへ小少将あてにした大将さまの手紙が届きました。こんな夕暮れに手紙が届くようでは今夜来るはずがないと察した母君は、すっかり狼狽して、その手紙を開けさせました。

「あきれるばかり情(つれ)ないお心のほどを拝見しましてからは、かえって一途に思いがつのります」

という書き出しの手紙を終わりまで読まず、所詮、今夜は来ないという言い訳だと、母君はすっかり立腹して、苦しさをこらえて御自分で筆をとり、鳥の足跡のような筆蹟でわたくしに代わって返事を書くのでした。

「宮さまはひどくふさぎこんでいてお返事を書こうともしませんので、見るに見かねて代わりまして……、

　女郎花しをるる野辺をいづことて
　　ひと夜ばかりの宿をかりけむ」

途中まで書きさしてひねり文にして届けさせました。その後急に苦しがられて大騒ぎになりました。ところがその手紙にも一向に返事さえなく、もちろん御本人は影も見せません。このことが決定的に病人を打ちのめしました。わたくしを枕元に呼び寄せ、泣く泣くさとされるのです。

「死ねば、もうあの世でめぐりあえるともかぎりません。今さらうるさいことはいいたくないのですが、まだとても頼りないところがおありで心配でなりません。二夫にまみえるのは不本意な軽々しいことですが、こうなる宿命ならばそれもいたし方もありません。それにしても亡くなった方との結婚もわたくしは反対でしたが、先立たれてしまわれて、結局御不運を背負ってしまわれました。その上、大将さまとのことは、こうなった上は世間でなんといわれようとせめて睦まじく

暮らしていけばそのうちお幸せにもなるかと思っておりましたのに、一夜を過ごしたきりでうち捨てられるなどこの上ない侮辱で、非礼を許すことはできません。なんというお気の毒なあなたでしょう」

かきくどいてさめざめと泣かれますが、独りぎめにしていることを言い訳のしようもなくわたくしもただ泣くばかりでした。そのまま急に容態が変わって息もたえだえに冷えきってしまいました。律師たちが祈りたてる騒ぎの中に、「六条院に伺候していてお手紙を拝見するのがおくれまして」という使いの口上と共に大将さまの手紙が届けられました。そのことは耳に入ったのか、それではまた今夜もいらっしゃらないのだと絶望されたと見え、口惜しそうに口をふるわせたまま、息絶えてしまわれました。まことにあっけない死に様でした。

亡くなる前に、しみじみわたくしを見つめて、

「なんという不運な方でしょうね。何ひとつ人に劣ったところもおありにならないのに……」

とおっしゃったのが最期の言葉になりました。世間体などどうでもいい。ふたりが幸せで本当にあなたが愛されているという実感が持てるなら……など口にも出しておっしゃっていただけに、大将さまを、それはひどく恨んでいらっしゃいました。

思えば、母君は大将さまに殺されたようなものでございます。

葬儀のことなどは、わたくしがもう魂もぬけたように嘆いておりますので、母君の甥の大和守がやって来て、一切取りしきってくれました。致仕大臣からも、光君さまからも、御丁重なお悔やみが届きました。

大将さまは直々にお悔やみに来てくださり、わたくしはもちろんお逢いもしませんが、小少将に、いろいろと問いただしたそうでございます。小少将は、言いにくいけれど、大将さまのことを誤解したまま母君は他界した、とお話ししたようでございます。

大将さまは言い訳の言葉もなく、たいそう愕かれて、思い沈まれたとか。葬儀についてさまざまな御援助をしてくださったので大和守はすっかり感激しておりましたが、わたくしは、もうお声を聞くのもいやで全くお礼の言葉も申しませんでした。

大和守は、こんな淋しい小野などを早く引きあげて一条の邸へ帰るようすすめてくれましたが、わたくしは母君の亡くなられた小野の山荘を動く気にもならず、この山里に一生を送ろうと思い定めております。

雲居雁

✸

くもいのかり

雲居雁のかたる

あなたが天下一の真面目人間ですって。聞いてあきれてしまいます。これまで乳母や女房たちは二言めには、

「夕霧大将さまほど、真面目な殿御はございません。堅物という点では天下一でございますよ。お方さまはなんとお幸せな御運の下にお生まれあそばしたのでございましょう」

など言って、わたくしを幸福な女の第一人者のように言っていました。

わたくしはその陰で、気の利いた女房たちが、

「うちの大将さまは、なんという堅物かしら。杓子定規で、生真面目で、およそ色事にはうとくて、融通がきかなくて、全く魅力がないわね。いくら真面目で誠実なのが夫には第一だといっても、ああ堅物では面白くもおかしくもないわ。わ

たしはごめんだわ」

「だって、堅物といったって、藤典侍とは、こちらの北の方と御結婚前からの仲で、ずっと続いているじゃありませんか。それに両方の御子を合わせて十二人というのは、相当な色好みの証拠じゃないかしら」

「いいえ、色好みっていうのは、女を次々つくる人のことで、その当代一の代表はなんといっても、大将さまの御父上の光源氏の君ということになるでしょうよ。子供が多いのは、色好みとは関係ないと思うわ」

「そうですとも、ただ性欲が強いというだけですわ」

「そうよ。色好みは、恋のわけしりで、恋の成立までの情緒を愉しみ味わうことを知っている人物ですよ」

などとお喋りしながら、結局は、あなたの野暮ったさを嘲笑しているのを知っていました。いくら世間で自分の夫が野暮天で、恋の情緒もわからない面白味のない男と馬鹿にされていても、わたくしは今度のことが起こるまでは、あなた一人を守り、あなたに愛されているという自信で、充分幸福だったのです。

藤典侍とのことは、今だって内心では決して許していないけれど、あの人とのことは、父が、わたくしたちの仲を裂いてしまい、逢うこともできなかった間に起こったことなのだから、仕方がないとあきらめていました。

わたくしとの仲が思うようにいかない淋(さび)しさにさいなまれていた時、五節(ごせち)の舞姫に選ばれたあの女を一目見て心を奪われ、恋文を出したという説明にも、同情できるものがありました。その手紙をあの女の親の惟光(これみつ)に見つけられてしまい、惟光は、御主人の光君(ひかるのきみ)さまの御嫡男のあなたに娘を見そめられたのは何より幸いと思ったから、むしろ、後は押しつけられるようなかたちになり、関係ができてしまった、というあなたの言い訳も、納得できたから見逃してきたのです。その上、典侍は賢い人で、決してわたくしを苛立(いらだ)たせるような思い上がったふりは見せず、ひかえめにひかえめにと身を処していましたから、文句のつけようもなかったのです。

　まして結婚してからは、あなたはほとんどの夜をわたくしと共に過ごしてくれましたから、嫉妬するほどのこともなかったのです。

　わたくしたちはほんとに幼い時からお祖母(ばあ)さまの大宮(おおみや)のもとで、兄妹のように仲よく一緒に育てられていました。わたくしはあなたより二つ年上でしたけれど、年より心が稚(おさな)くて、あなたをお兄さまのように頼りにしていましたし、あなたは、生まれてすぐ御生母を亡くされただけに、年よりもませていて、しっかりしていられたのです。

　あなたが、お生まれになった三条殿に大宮と御一緒にお住まいになっているのは当然でしたけれど、わたくしは、母が父と離婚し按察使大納言と再婚したので、継父に育ててもらうのは不都合だといい、父が引き取り、お祖母さまのもとに預けて育てていただいたのでした。父は女御に上がった姉上のようにはわたくしを可愛がってくれなかったし、冷淡でした。わたくしはおくてで、そういう身の上もさして気にならない、生来のんきな性格でした。あなたが、何かにつけて涙ぐんで、

「わたしは母の顔も知らないで死に別れ、あなたはおかあさまがありながら生き別れていらっしゃる。ふたりとも母親に縁の薄い淋しい境遇ですねえ」

　などしきりにおっしゃるので、ああ、わたくしはそういう薄幸の運命なのかと、はじめて感傷的に自分をかえりみるくらいでした。

　幼い頃は、いい遊び相手で、お人形遊びやお絵かきなど、あなたは女の子のように気長にわたくしのお相手をしてくれるし、雪が降れば、ふたりで庭に走り出て、雪まみれになって犬ころのようにじゃれあい、乳母たちに叱られたものです。

　光君さまが太政大臣になられ、わたしの父が内大臣になった頃、あなたは元服して、大学へ入って勉強させられることになり、三条殿では、お祖母さまが甘やかすと思われたのか、光君さまは、二条の東の院へあなたを引き取られてしまいました。

同じお部屋で本当の兄妹のように一緒に寝て育てられたわたくしたちも、あなたが十歳になった頃から、別々のお部屋をあてがわれ、男と女のお行儀を教えこまれておりました。そうされると、かえってお互いを意識するようになり、なんだか恥ずかしいような気持が生まれてきたから不思議です。

もう雛(ひな)遊びの年でもなく、逢えば、あなたが笛を吹き、わたくしがお琴をかきならすなどするほかは、しみじみお話しすることが多くなっていました。話すのはほとんどあなたで、

「どうして父上は、わたしにきびしく当たられるのだろう」

などというあなたの愚痴を、わたくしはただ聞いてあげるだけでした。

あなたが、元服した時、当然四位(しい)か従(じゅ)四位にしてくださるだろうと思っていたのに、光君さまの難しいお考えから、六位に叙せられた時は、ほんとにお可哀(かわい)そうでした。

「どうしてこうまで、わたしにきびしくなさるのかわからない。もしかしたら、父上はわたしを憎んでいらっしゃるのだろうか」

など泣かれるあなたを、わたくしは気がついたら、抱きしめて、背をさすってあげていました。

「従兄弟(いとこ)たちだって、みんなわたしより位が上なのだよ。わたしのほうが家柄は

上なのに、もうこれからはみんなに馬鹿にされて暮らすんだ」
など、少年らしく一途に泣くのを、どうしてなぐさめてあげていいかわからないのでした。

気がついたら、わたくしたちは、ひとつになってしっかりと抱きあっていたのです。あなたがそうしてほしがるから……そうすればあなたの悲しみがまぎれるのなら……わたくしはただもうそんな気持だけで、自分が何をしているのかもわからなかったのです。

でも、それから間もなく、あなたは二条院へ移ってしまわれたので、わたくしたちは、それまでのようにたびたび逢えなくなりました。一月に二、三度、お祖母さまを訪ねることが許されたあなたを、まあ、どんなに待ったことでしょう。あなたと恋文をかわす必要ができたのもその時からです。なんとしてもまだ子供っぽいわたくしたちのそんな想いは、すぐ女房たちの目についてしまいました。でも、みんなわたくしたちの仲のよさを見馴れて来ていましたので、格別邪魔もされず、お祖母さまにいいつけるものもいなかったのです。

女房たちの噂話が、たまたま訪れてきた父の耳に入ったのが運のつきでした。父は烈火の如く怒って、監督不行届きだとお祖母さまをなじり、わたくしを無理矢理、自分の邸に連れ去り、あなたとの仲はすっかり断たれてしまったのです。

あれから数年の歳月のなんと長く辛かったこと。継母や腹ちがいの兄弟の中で、若いくせにふしだらな娘よと、陰に陽にあなどられ、さすがに、のんきで陽気なわたくしも、すっかり気が滅入った暗い乙女になっていました。

「東宮妃にお上げする心づもりで、大宮に躾をしていただこうと頼んだのに、こんな傷ものにされてしまって」

など、父はがみがみ怒るのが癖でしたから、いっそ死んでしまいたいとさえ思ったものでした。その頃もし、あなたのやさしいお手紙がなかったら、わたくしはどうなっていたかわかりません。あなたは、立派な成績で大学も終え、次第に頭角を現し、光君さまとはまたちがった、落ち着いた学識すぐれた青年貴公子ということで、姫君たちの憧れの的になっていらっしゃったのです。

間で光君さまがふたりの縁談をまとめようとお口添えしてくださったのに、頑固な父がそれをはねつけたので、また望みは消えてしまいました。

父の気が折れて、思いがけなくふたりが許され、あなたを父が藤の宴に御招待した春は、すでにわたくしは二十歳になっていました。

兄の柏木衛門督に案内されて、わたくしの部屋に入っていらっしゃったあなたを数年ぶりで見た時の恥ずかしさは忘れられません。あなたはまばゆいほどきらきら輝いていらっしゃって、昔の泣き虫少年のひ弱な俤はどこにもありませんでした。

「どんなにこの日を待ったことか……」

そうおっしゃって引き寄せてくださった時、わたくしは雪がとけるように自分が消えてゆくかと思ったことでした。

あなたの御栄達につれて、父の邸を出て、お祖母さまの三条殿へ移り住みました。修理して、若夫婦が住むにふさわしく部屋の調度も変え、庭の手入れもしましたけれど、幼いふたりが育った頃の柱や廊下はそのままで、背丈を比べて、こっそりつけた小刀の跡が今でも残っているのを見つけた時の嬉しさ。廊下を追いかけっこして、勢いあまり、わたくしが欄干から落ちて、乳母たちがけんかした場所もそのままでした。

ふたりが誰にも気づかれず、はじめてひとつになった暗い塗籠の中も……。

わたくしは幸せでした。世間では筒井筒の恋を実らしたふたりを珍しいこととして、誰もが祝福してくれているようでした。

わたくしより先に女の子を産んでいる藤典侍のことは気がかりでしたけれど、あなたの愛情は受けかねるほど激しく一途で、わたくしはあなたの北の方としての誇りを持ち、あなたを信じきっていればいいのだと、やすらかな気持になれたのです。

「御縁組みの相手が六位の浅緑の袍ではね」

など嫌味を言い、あなたに生涯恨まれた乳母も、わたくしの幸せな結婚生活を見届け、

「こんな誠実な殿御は、鉦、太鼓で探したっていやしません」

と感激しきっていたのです。

御父上の光君さまが、あれほど世に聞こえた色好みのお方でいらっしゃるのに、そのお血を分けたあなたがどうしてこうも生真面目で、そちらの方はお堅いのかと、女房たちはよく噂しておりました。

わたくしは昔兄妹のように育った頃の肉親のような親愛感がもどってきて、次々休む閑もないほどおなかをふくらませている間に、もうすっかり安心しきっていたのです。

あなたは、その後も藤典侍とは切れることができず、わたくしと典侍は代わりばんこのようにおなかを大きくしていましたが、わたくしは、かえって藤典侍がその間だけでもわたくしに休息をさせてくれているような気さえしだして、若い頃のような悩ましい嫉妬などする閑もなくなってしまいました。

乳母や女房たちが、あまりわたくしがおしゃれをしなさすぎると忠告したり、さとしたりしてくれるのが、うるさくて、

「こんなに大ぜい子供を産ませられてごらん。身づくろいしたってなんの甲斐がありますか。お乳とよだれとおしっこで、いい着物なんか着ていられないわよ」

などと叱りつける有様だったのです。

結婚して十一年ほどの間に七人もの子供を産んで容色の衰えない女がいたらお目にかかりたいものです。お互い三十近くにもなって、まさか、色恋でもあるまいと安心しきっていたわたくしが愚かだったのでしょう。

もちろん、子供たちには乳母をつけましたけれど、わたくしの躯はよほど子供を産むのに適しているのか、産んでも産んでも乳が涸れるということはなく、いつでも子供ができると、痛いほど乳房は張りに張って、子供に吸ってもらわないと、頭が痛くなるのでした。

あなたはまた無類の子供好きで、御自分が兄弟も少なく、小さい時は一人っ子で育ったせいか、兄弟は多いほど頼もしいといって、どんなに子供たちが、がやがや騒いでいても、あたりいっぱいちらかして遊んでいても、それで嫌な顔をしたのを見たこともありません。

それを今になって、子供がうるさいの、家の中が乱雑で坐る気がしないのなど突然言いだされても、あっけにとられるばかりです。

そそけた髪を耳ばさみしてしどけなく胸を開けて、大きな乳房を赤ん坊にふく

ませているところへ、いきなり外から帰って来て、情けなさそうにちらっと見て、目をそらしたかと思うと、

「あられもない。百年の恋もさめはてるよ。やっぱり、女は身づくろいしていなければ……」

などつぶやくのを聞くと、まるで別の男がそこにいるように思われて、わたくしは呆然(ぼうぜん)としてしまうのです。

いつまでたっても無邪気で率直でおおらかなのが取柄だと、わたくしのことをほめていてくれたあなたの口から、粗暴で女らしくないとか、心に陰影がなく味がないとか、感情をむきだしにしすぎるとか急に言いだされても、どうしていいかわかりません。なんのかくしごともしないことを、わたくしたちは結婚のはじめに誓いあったではありませんか。なんでも心の中をすっかり打ち明けてくれとおっしゃったのはあなたです。

父の邸で、継母や腹ちがいの兄弟たちの中で気がねばかりしてうじうじ暮らしていたわたくしは、あなたと結婚して、ふたたび、なんの苦もなかった子供の頃に帰ったような素直な自然な心にもどっていたのです。思うことを思う通りに言い、したいことをしたいようにして許される自分の家庭というものが、どんなにありがたく嬉しかったでしょう。夫婦というものは、お互いのどんな欠点も知り

ぬいて、それを許しあえる仲だと思っていました。思わせてくれたのはあなただったのです。そんなに安心しきり、油断しきり、あなたを信じきっていたわたくしが悪いというのですか。

おかしいと気づいたのはわたくしではありません。女房たちが忠義顔してわたくしに教えてくれたのです。

「お方さま、殿御というものはいくつになっても好色な心はあるものです。火の消えた蠟燭のように、一時はその気持が消えていても、一度何かの拍子に火がつきさえすれば、またたちまち燃え上がります。生涯決して油断なさってはなりません」

はじめは持って回った言い方をしていたのが、一向にわたくしが反応しないのでじれて、

「ご存じないのですか。この頃、ずいぶん大将さまはおめかしなさるようになりましたでしょう。お召物の色や取り合わせも御自分でお選びになるし、お香にだってずいぶん気を使われていらっしゃいます。いったいどなたのためでしょう」

「噂ですけれど、この頃しきりに一条の宮のあたりへお訪ねの御様子だそうです」

「衛門督さまのお亡くなりになった後、北の方はお淋しく母上の御息所とお暮

らしですから、何かと頼りになる殿御の御援助は嬉しいでしょうね」

など、聞こえよがしに言ったりします。いくら、鈍いわたくしでも、ようやくあなたの素振りに注意するようになりました。たしかにあなたは、以前より神経質に衣服に文句をつけているし、時間をかけて香を合わせたりしています。あきれたことに、鏡の中の自分の顔をまるで他人でも見るようにしげしげ覗きこんでいたりするのです。外から帰ると、すぐまつわりつく子供たちを、うるさそうに払いのける手つきでさっさと自分の部屋に入りこみ、何をしているのかと覗くと、手紙ばかり書いている様子。わたくしの足音に気がつくと、あわてて紙の上に書物をひろげて読書をしていたように装うぎこちなさ。

やっぱり怪しいと思いはじめて、気をつけていると、たそがれの縁先でぼんやり雲の動きに目を奪われたり、しめやかな雨脚を、時も忘れて見つめていたりするではありませんか。ある夜などは、なにげなく、いつものように腕をのばしたわたくしの手を払いのけるようにして、

「今日は御所で面倒な相談があって、とても疲れているんだ。頭も肩も石綿がつまったようだ」

など、ぶつぶつつぶやいて、背を向けてしまう有様。律義者といわれる半面、呆れるばかりに精力が強くて、その方面も律義一点張りで、お休みもなかったあ

なたにしては、全く珍しい現象でした。

日頃はもうなんの感動もなく、義務感だけで抱かれていたようなわたくしだったのに、そうされると妙に高ぶってきて、眠れないのです。息をつめてあなたの背を睨(にら)んでいると、あなたはわたくしがもう眠ってしまったとばかり思って、

「ああ、ああ」と、胸の底からしぼりだすような深いため息をついて、切なそうに身をよじっているではありませんか。これはもう只事(ただごと)ではないと、やっとわたくしも、あなたの浮気の兆候を認めないわけにはまいりませんでした。さあ、そうなると、あなたのなすこと言うこと、すべてが疑わしくなってきます。

一条の宮にいらっしゃるのは朱雀院(すざくいん)の女二(おんなに)の宮(みや)さまで、院は、女三(おんなさん)の宮(みや)さまを特別に御鍾愛(ごしょうあい)なさいましたけれど、その次にはこのお方をおいつくしみになられたとか洩(も)れ伺っています。柏木衛門督との御夫婦仲は必ずしもしっくりいっていなかったようだとは女房たちの噂ですが、夫に先立たれた若い女ほど、男の好き心をそそるものはないとか。これも女房たちのはしたないお喋りです。

一条の宮から、その頃小野(おの)の山荘に、御息所が御病気の養生に移られていて、あなたの夜歩きは、小野のあたりまでさまようので、いつでも指貫(さしぬき)の裾が草の露にしとどに濡(ぬ)れているのだなど、女房たちが囁(ささや)いています。

「怖いことねえ。真面目人間が中年になって迷いだすと、とめどがなくなるって

いうじゃありませんか。それにしてもずいぶんみっともないことになったものね」

「今までになかったことだから愕いてしまうわね。あんまりお方さまをないがしろにしたなさり方ですよ」

そんなことを聞くと、わたくしも、今頃になって、これから先、どんな恥を見せられることやら心細く恨めしく、いっそ、このまま消えてしまいたいような気持になるのでした。はじめから、そういう夫に馴れていたら心構えもあったでしょうが、すべての人から、あんな律義者は二人といない、幸福な結婚だと羨ましがられてきただけに、今頃になって心の変えようも知りません。

そういえば、あなたは、光君さまが六条院に御寵愛の方々を集めて仲よく暮らしていらっしゃるのを理想的だと羨み、そこの女君たちがみにくい嫉妬もなさらず品よく仲よくお暮らしなのを女の鑑のようにほめられ、わたくしの性根が悪いと、何かにつけてたしなめたり、面と向かって悪口をいうようになったのも、わけがあってのことだったのかもしれません。

それでも朝帰りするようなことはなかったのに、とうとうあの日、あなたは午ごろになって、ふぬけたような青白い顔をして帰ってきました。目引き袖引きする女房たちの様子も目に入らず、物想いにとりつかれたうつろな表情で部屋に入ってくると、子供たちまで何かおびえて、いつものようにまとわりつこうともしないで、身をすくめてわたくしの方へ集まってきます。わたくしはいまいましいのでわざと素知らぬ顔をして、子供たちに絵本を見せてやったり、赤ん坊に横になりながら乳をふくませたりしていました。

あなたは奥の部屋に入って、例の物想いとため息です。その日も暮れ方になって、小野からの使いがお手紙を届けてきました。あなたは御自分で飛び出していって受け取り、そそくさと部屋に引き返し、大殿油(おおとなぶら)を引き寄せて、その手紙をくい入るように読みはじめました。わたくしが足音を忍ばせて近づいているのも、全く気がつかないで、手紙に心を奪われていました。肩越しにつと手をのばしてわたくしは素早く取り上げてやりました。あの時のあなたのあわてふためいた様子のおかしさ。日頃の落ち着きすました悟り顔もどこへやら、真っ赤になって目をいからせ、

「何をするか。いったいどういうつもりだ。こんなみっともない真似(まね)をして……六条院の花散里(はなちるさと)のお方の手紙なのですよ。今朝方お訪ねしたら、お風邪(かぜ)がひどい様子だったのに、院の御前に呼ばれて、ろくにお見舞いもできなかったから、今、御様子をきいてあげたところなのだ。これはそのお返事なのに、なんという失礼な。見ればわかるでしょう。これが懸想文(けそうぶみ)に見えるものか。それにしてもなんと

はしたない。長く連れ添う間にだんだんわたしをなめてきて馬鹿にしきっているから、こういうことになるのです。全く情けない。わたしの感情など気にもかけず恥ずかしいとも思わないのだから」

と怒って嘆息したものの、あわてて取り返そうともしないので、わたくしも、すぐにも読む気にならないで、手にしたまま突っ立っていました。

「歳月がたつにつれて馬鹿になさるのはどっちなの。あなたのほうこそそうじゃありませんか」

と言い返したものの、あなたが意外に落ち着いているので、とがらした口のおさめようがなく、ふくれっ面のままでいましたら、あなたはその顔を見て笑い出し、

「それはまあ、どっちだっていいでしょう。夫婦とはこんなものですよ。わたしのような夫はほかにはないだろうよ。相当な地位にもなった男が、こんなふうにたった一人の妻を守って、びくびく者の雄鷹(おだか)のようにして暮らしているのは……人はまあどんなに笑っていることだろう。そんな気の利かない馬鹿男に守られて大切にされたって、あなただって自慢にもならないでしょう。たくさんの妻妾(さいしょう)の中で、とびぬけて大切にされているというのこそ、世間体もいいというものです。自分の気持も新鮮で、夫への情愛も深まるというものです。わたしのように

あなた一人を守り通すようでは、なんの見栄えもありはしない」

と、手紙など気にもかけていないようにおっしゃるので、つい話に引き込まれて、

「急に世間体だの見栄えなどと気取ったりなさるから、わたくしのようなお婆(ばあ)さんは困ってしまいますわ。いやに若返ってしまわれて急に人が変わられたようですもの。今までのあなたとはまるで変わってしまわれたから、ついていけませんわ。前々から、馴らしておいてくだされればよかったのに」

とすねると、

「急にわたしのどこが変わったというのです。しようのないひねくれ根性ですね。どうせろくでもないことをお耳にいれる女房たちがいるのでしょう。昔からあなたのまわりの人は、わたしが六位だったというので馬鹿にした手合いなのだから……いろいろつまらない噂をしていることもちらほら耳に入っています。巻き添えにされている人こそお気の毒なことだ」

と、小野の女二の宮さまのこともほのめかす図々(ずうずう)しさ。憎らしいので手紙はろくに見もしないでかくしてやりました。眠ったふりをしていると、あなたはこっそり起きて、あちこち探しているのがおかしく、やっぱり気になる手紙なのだろうと思い当たります。何やら読みにくい乱れきった字の手紙は、どうやら御息所

のようですが、何が書いてあるのか、意味もよくわからなかったのです。恋文というのではないようでしたから、ただ意地悪のつもりでかくしておいただけです。

　朝になって子供たちに起こされ、いつものように騒がしい乱雑な一日が始まりました。男の子たちは騒々しく走りまわり、女の子たちは雛遊びであたりいっぱい人形をひろげちらかし、少し大きな子たちは、漢文の素読で声をはりあげたり、習字をしたり、赤ん坊は這いながら、着物の裾にまつわりつくやらで、手紙どころではなく、すっかり忘れていました。

　食事も終えて、やや落ち着いた昼ごろ、いきなり、

「昨夜の手紙はどんな用事だったのかしらん。今日は気分が悪いので、お見舞いにもゆかれないからお返事をあげたいのだけれど、あの手紙の内容がわからなくては……」

　とあなたが言い出した時は、ぎょっとしました。

「あら、それなら、小野のあたりで山風に当たり風邪でもひいたと、色っぽく甘えてお書きになればいいわ」

「なんという馬鹿なことをいつまでも言うのです。そんな色っぽい話なんかであるものか。ほんとにしようのないわからずやさんだ。女房たちだって、こんな不粋な男に嫉くあなたを笑っていることだろうよ」

と冗談めかして言い、その口の下で、

「さて、あの手紙は、どこにあるの」

と訊くおかしさ。やっぱり、相当大切な気がかりな手紙なのだとわかるので、出してあげませんでした。どうやら、布団の下にかくしてあった手紙をあなたは夕方になってやっと見つけたらしく、あわてふためいて深刻な顔をして返事を書いていました。

　小野の御息所が亡くなったというので、あなたが顔色を変えて出かけていったのは、その翌日のことでした。それから後のあなたの乱心ぶりは思い出してもぞっとします。あれが乱心でなくてなんでしょう。

　聞くところによれば、あなたはまるで身内のように葬式に参列して物心両面の大変な援助をされたといいます。そんなことはみんな手に取るようにわかっています。御息所の甥に当たる大和守と春頃から通じている女房がいたのです。あなたのお好きな方の乳母子の小少将の幼友だちです。誰かということは、あなたのお恨みを受けないために申しあげないでおきましょう。大和守が寝物語に何から何まで、その女房にあなたのあちらでの大恋愛の模様を話すのだそうです。その女房は忠義だてをしているつもりで、事細かに訊きだしてきて、こちらの乳母にすっかり伝えるというわけです。

どんなにわたくしを馬鹿にしきって、取りつくろっても、天網恢々。

あなたを女二の宮さまはとても嫌いぬいていらっしゃるんですって。いい気味。塗籠の中へかくれてしまって中から錠を下ろしてまで抵抗なさり、それを小少将が別の入口からあなたをお入れして、宮さまは死ぬほどお泣きになったとか……。

ああ、もういや、そんな情けない男がわたくしの夫で、世間では誠実男の見本のようにいわれているなんて……。あなたは偽善者です。あの光君さまという天下一の好き者のお血を分けた同じ性質の男なのです。不粋を装っている分、あなたのほうが光君さまよりいっそう性質が悪いかもしれません。憧れの六条院を見倣って、幾人でもお好きな方々をお集めなさいまし。一条の宮邸までたいそうな普請をしたり、庭師を入れたりして、いやがる宮さまをお迎えになったとか。

ああ、もう結構です。

幾晩も居つづけた後、一条からやっと帰ってきたあなたに、久しぶりで逢う子供たちが喜んでまつわりつくのを見るのも情けないことでした。顔も見たくなく帳台で衣裳をひきかぶって泣き顔をかくしていたら、あなたはいい匂いをうるさいほどさせて平気で入ってきて、当然のようにわたくしの衣裳をひきはがして横にすべりこんでくるので口惜しく、

「いったいここをどこと思っていらっしゃったのですか。わたくしはとっくに死

んでおります。いつでも鬼、鬼とあなたに言われていたので、いっそ鬼になりきってしまおうと思って」

と言ってやりました。

「あなたの心ばえは鬼よりもっと恐ろしいけれど、姿は憎らしげもなく可愛いから、嫌いにはなれそうもないね」

などぬけぬけという憎らしさ。

「結構におしゃれをして色っぽく浮かれていらっしゃるようなお人の側に、いつまでもいられる身でもありませんから、もうどこへなりとさっさと消え失せたいのです。どうぞもう、きっぱりと見捨ててくださいまし。思い出してなんかいただかなくて結構です。おめおめと長い歳月、連れ添ってきたのも口惜しくてなりません」

と、怒って起き上がると、あくまで図々しくにやにやして、

「そんなふうに子供っぽく腹を立ててるからだろうか、馴れっこになってしまって、この鬼はちっとも怖くなんかない。鬼ならもっと鬼らしく毅然としていなくては」

など冗談めかすのが本当に口惜しく、

「つべこべ言わないで、あっさり死んでおしまいなさい。わたくしだって死にま

す。顔を見れば憎らしいし、声を聞けば腹が立つし、あなたを残して死ぬのはいまいましいし」

と言いつのるのに、かえってあなたは噴き出して、

「離れてみても、人の噂を聞かないわけにはいかないでしょう。さてさて、夫婦の契りの深い二人の縁（えにし）をわたしに教えようというおつもりなのかな。一緒に死のうという約束は、ずっと昔からしていましたっけ」

など相手にもしないで茶化しては、あれこれうまいことを言って単純なわたくしをまるめこんでしまわれるのです。

とうとう女二の宮さまも泣く泣くあなたとの結婚を受け入れた形になり、一条のお邸に人も増え、体裁も整い、世間にも新しい結婚を公表したかたちになったのを見て、もうこれまでと、ようやく見限りをつける心が決まりました。愛想も尽き果てました。まさかそこまではと考えていたわたくしが甘かったのです。真面目男の浮気は怖いという世間の言葉は真実でした。

方違え（かたたが）にかこつけて、わたくしは父の邸へ帰ります。いいえ、迎えに来てくださっても決してもう戻りはいたしません。

小さな子供たちは連れてまいります。残した子の面倒はあなたが見てください。もうわたくしは何もかもこの世が嫌になってしまったのですから。信じられるも

のなんか何ひとつございません。

これまでは人の夫婦仲がまずいのを同情したりしたものでしたが、まさか自分の身の上に、今頃こんなことが起こるなんて……。一寸先は闇です。

萩の露

★

はぎのつゆ

紫上（むらさきのうえ）のかたる

ひんやりと冷たい掌（て）に額を撫（な）でられたように思って薄目を開けたら、わたくしの寝顔をさしのぞくようにしている女人（にょにん）の顔があったのです。なつかしいその顔、長い病のわたくしよりも蒼白（そうはく）な顔をして、豊かなつややかな髪が大方半分もその顔を掩（おお）っていました。

――あなたでしたの。またお逢（あ）いしましたわね。お迎えにきてくださったのかしら――

わたくしの声が聞こえないようなふりをして、その人は手に持った蓮（はす）の花の蕾（つぼみ）で、わたくしの額を撫でさするのです。そうされると、熱っぽいわたくしの額から体熱が花の蕾に吸いとられていくようで、わたくしの頭はみるみるさわやかになり、目も涼しくなって、ものがありありと見えてきます。

その女(ひと)はわたくしのまわりに見かけないほど高貴な面立ちをして、双の瞳に深い悲しみと愁いをたたえて、深山の湖水のように、見つめると吸いこまれそうな不思議な気持に誘いこまれます。その瞳に宿った悲しみと愁いがわたくしにはなつかしいのです。その深い瞳に見つめられると、何も言葉にしないでも、わたくしの心の底にたまりにたまった憂悶(ゆうもん)のすべてを、吸いあげられるような気がするのです。

——わかっていますとも、辛(つら)かったでしょうね、苦しかったでしょうね。でも、もうすぐですよ——

その瞳はそう囁(ささや)きかけてくれます。

——もうすぐって、今ではないのですか——

——今はまだ……でも、もうすぐ……——

すると昨夜から燃え続けていた体熱がすうっと引き、いっそうさわやかさが全身にみちてくるのでした。

冥界からその女(ひと)は来るのです。

重い十二単(じゆうにひとえ)などは着ていず、観世音(かんぜおん)のお軀(からだ)にまつわりついているような薄絹がその軀を包み、流れるような襞(ひだ)が、その人の見かけより豊満な肉体をあらわに形どっています。

絹の色は薄い青でした。その青が瞳に映っているように見えるので、いっそう瞳の深さがこちらの魂を惹きこむのかもしれません。

その女が六条御息所の死霊だということが、わたくしにはわかっています。あなたが誰よりも恐れていらっしゃるお方、想い出すたび、深い悔いに襲われ、憂いと悲しみに閉ざされ涙ぐまれてしまわれるお方、それでいて、何かにつけ想い出さずにはいられないお方、多くの愛された女人について話される時、一番しみじみと心をこめてなつかしく思い起こされるお方なのです。

「あれほど優雅な趣味のすべてを一身にあつめられた女人はまたといないでしょう。すべての点でたしなみの深い方でした」

と話されるそのすぐ後には、

「気位が高く聡明すぎて、こちらの心の底の底まで一瞬に見透かされるような気がして、一時も油断ができず、あのお方の前ではずっと緊張していなければならなかったのです。まだ若かったわたしにはそれが気が重くて、あなどられまいとする気苦労に疲れて、つい足が遠のいてしまう有様でした。それを普通の女人よりもずっと自尊心を傷つけられたと思い、怨みに思われたのです。自分の仕打ちを思えば、怨まれるのも無理はないと思うけれど、決して嫌になったのではない。男には可愛い女に心の紐をすべてといてしまって、身も心もゆだねてゆっくりと憩いたいと思う気持もある一方、はるかに仰ぎ見なければならないような自分より高貴で聡明な方に、憧れわたりたいという心情もあるものなのです。わたしにとっては藤壺の女院や六条御息所がそういうお方でした。でも亡くなられてからも、あの方の怨みは解けてはくれず恐ろしい怨霊になって、わたしの周囲の女たちに次々取り憑こうとなさるのが、やっぱりうとましくてやりきれないのです」

そんな述懐を聞かされたのは、わたくしの重厄の年で、病に倒れるほんの少し前だったと思い出されます。

あの頃、女三の宮の御降嫁という思いもかけなかった事件が起こり、わたくしはそれまでのおだやかな長い夢が破られ、女の生涯の味気なさ、幸せのはかなさに、しみじみ心がうち沈んでいた頃だったと覚えています。

女三の宮はあまりに稚くて人形のようで手応えがないなど、わたくしにおもねるような批評をなさりながら、あなたは琴を教えにいらっしゃりはじめてから、女三の宮のお可愛らしさに心惹かれ、あちらでお泊まりになり、朝帰りなさることも次第に多くなっていました。

誰並ぶもののない御寵愛などと、世間からも羨ましがられていた自分の幸せのはかなさが、あの頃ほど身にしみたことがあったでしょうか。

出家したいと心の底から望みはじめたのもあの頃でした。あのひとり寝の眠られぬ夜毎の闇に、ひっそりと訪れ、わたくしの枕辺に坐ってくださったのが、六条御息所の死霊だったのです。

――あなたの今の苦しさを、わたくしは生きている間じゅう、ずっと味わい尽くしてきたのですよ――

その声は細く澄んでいて、少しもいまわしいとか恐ろしいとかいう気持を抱かせるものではありませんでした。

――あなたの枕も袖も、まるでしぼるほど涙で濡れていらっしゃるのね。わたくしもどれほどの涙を夜毎に流したことでしょう。情ないお方をあきらめきれない妄執にさいなまれて、夜離れの骨を嚙む淋しさなど、これまであなたは味わったことがないのでしょう、須磨にあの方が流された三年の間以外は……。わたくしはあの方が通いはじめて半年もたつかたたない間に、もうそれを味わい尽くしているのです。あの方の愛する女たちのすべてが憎く妬ましく、知らぬ間に怨念が凝り固まってその女の生身を苛み傷つけていたのです。

物の怪にも悲しみはあるのですよ。そんなこと想像もおできになれないでしょう。人を呪う浅ましさに気づきながら、呪わずにいられない苦しさ、怨念の闇にさまよい続け、肉体は死んでも、魂は成仏を許されず、冥界と現世の間の中有をただよい続けているのです。

あなたのように愛されることしか知らなかった幸運な女人には想像もできない暗い地獄です。でも、だからこそ、わたくしは孤独や孤閨に苦しんでいる女人の気持が誰よりも理解できるのです。そういう女人の心の底からの呻きに敏感なのです。ほら、だからこうしてあなたの枕元に慰めに来てあげているでしょう。

さっき、あなたは自分でも気づかず、ああ辛い、扶けてと、呻かれたのですよ。その声の悲痛さにわたくしは来ずにはいられなかったのです。わたくしが誰よりも取り憑いて苦しめたいはずのあなたが苦しんでいる。いわれのない屈辱に耐えて、心ならずも女三の宮の御降嫁を認め、そこへ泊まりにゆく男の衣類に涙をかくして香をたきしめ、微笑を浮かべてさりげなく送り出す。

男の姿が見えなくなるのを待ちかねて帳台に駆けこみ、声を忍んで泣きむせぶ。それはかつてのわたくしの苦しみを鏡に映したようなものでした。泣くしかないのですものね。女の軀は涙の壺です。流しても流しても泉のように涙をためる哀しみの壺です。泣けば心がなだめられます。泣き疲れておやすみなさい――

そう言って御息所は冷たい蓮の蕾で、わたくしの涙に濡れた頬やはれ上がった瞼を微風のようなやわらかさで撫で続けてくれたのでした。

あの頃、御息所の死霊の見舞いがどれほどわたくしを慰め力づけてくれたことでしょう。重厄の年にわたくしが一度は息絶えてしまうほどの重病をしたのを、まるで御息所の悪霊のしわざのようにあなたは信じていられ、恐れ憎んでいらっしゃいましたけれど、わたくしはそんなことは信じられません。

息絶えていたわたくしが蘇生(そせい)した時、それまで幾月もの間ちらりとさえ正体をあらわさなかった物の怪が、憑坐(よりまし)の小さな童女に移って、それを僧たちが必死に祈り責めた時、物の怪が人払いをさせて、正体をあらわしたとか。あなたはそのことをただの一度も口にはなさいませんでしたが、あの時、片時も側(そば)を離れず看病していてくれた中納言(ちゅうなごん)の君が、後でこっそり教えてくれました。御息所の物の怪があらわれて、それは恐ろしかったと、几帳(きちょう)のかげにかくれ、すっかり聞いてしまった物の怪の言葉も、すべて伝えてくれたのです。

でもわたくしは、それが御息所の霊だなどとは信じません。もし、それが本当に御息所の物の怪だとしたら、わたくしの苦しい時にいつもあらわれてわたくしを慰め、わたくしの嘆きに耳傾けてくれたあの霊は何なのでしょう。人の心にはさまざまな部屋があるのでしょうか。その部屋にひとりずつ鬼がいて、人を呪ったり恨んだりする鬼や、嫉妬にいつでも身悶(みもだ)えしている鬼や、泣いてばかりいる鬼や、いたずら好きの鬼や、やさしくて人の悲しみにそしらぬふりのできぬ鬼などが、同居しているのでしょうか。

あなたを愛するあまり、わたくしを取り殺そうと妬む鬼も御息所の心に棲む鬼だし、わたくしを憐れみ、慰め励まさずにはいられないやさしい鬼も、御息所の心に棲む鬼なのかもしれません。それが見えるのは、見る人の心がらではないでしょうか。あなたの心にはいつでも御息所への罪の意識が消えたことがないので、あまり幸せな時や、不幸の忍びよる不安の時に、御息所へのすまなさや悔いが、御息所の心に棲む呪いの鬼をありありと思い描くのかもしれません。こんな不都合なことがわが身に起こるはずはない、起こってはならないと思う時、あなたのお心の中の後悔と罪へのおびえが、物の怪を呼び寄せるのではないでしょうか。

あなたはわたくしをしっかりと抱いてくださったまま、眠っていらっしゃる時でさえ、時々不意に身を震わせ、怯えきった表情で目を覚まされることがありました。

「何か言わなかったか」

と必ずお訊きになるあなたの背を撫でながら、わたくしはいつでも、

「いいえ、何も。だって、わたくしもたった今、あなたの身じろぎで目を覚ましたのですもの」

と答えるのが常でした。

そんな時、あなたは重いため息をつかれ、

「いやな夢をみた」

とつぶやかれるだけで、その悪夢を一刻も早く忘れたいというように、荒々しくわたくしをかき抱き、激しい抱擁に移られるのが常でした。

もう間もなくあの世に往くとわかってきました今、本当のことを申しあげておこうと思います。あなたが夢の中で怯えてうなされる時々の言葉の切れ端をかきあつめ、わたくしにさえかくし通されたあなたの胸の恐ろしい秘密をお察ししていたのです。あなたの心の底の底にひたかくしている本当の怯えや罪の意識は、六条御息所との間に生まれたものではなく、あなたがこの世で最高無二の女人とつねづね賞讃してやまない藤壺の女院との間にあったことを。

わたくしの想像がもし当たっていたら、それはなんという恐ろしいことでしょうか。そんなことはあり得ない、あり得るはずがないと、何百回、何千回、わたくしはその想像を打ち消したことでしょう。けれども打ち消せば打ち消すほどそれは確かなもののようにわたくしには信じられてくるのでした。

葵上さまと明石の方を除いて、あなたに愛された女性たちに、ひとりも御子が生まれないのはどうしたことでしょう。共に暮らす歳月からいえば、最も長い時間を共有するあなたとわたくしの間に、なぜ神仏は子供をお授けくださらないのでしょう。

あれほど烈しい情熱的な愛を交わされた六条御息所にも、朧月夜の君にも御子は恵まれず、おだやかな愛であなたを包み続けてこられた花散里の方にも、お若い時でさえその気配もなかったように伺っております。

わずか一年あまりの間にさえ、明石の方は妊られたことを思えば、数えるほどしか愛を交わさなかったとあなたのおっしゃる二条院にお過ごしの尼君や常陸宮の姫君でも、妊られて不思議ではないはずなのです。あなたのお手のついている中務の君や、中納言の君や中将の君などの女房たちにしてからが、あなたの御子を妊ったことはないのです。

神仏はあなたに罰をお加えになったのかと、ひそかにわたくしは懼れていたのです。何事にでもあなたと競いたがる致仕大臣には、あんなにたくさんの御子たちがお生まれになり、お血筋の御繁栄も賑々しく華々しくお見受けされます。

「あなたに勝ったのは子供の数だけでしたね」

いつかこちらで催された何かの宴の後で、すっかりお酔いになった致仕大臣が、いい御機嫌であなたにそうおっしゃったのを覚えております。

いつからかわたくしは、あなたの御子を産むのが怖いと怯えるようになっていました。万一、子供を授かった場合、まともな御子が生まれるという自信がなくなったからでした。明石の姫君があんなに可愛らしく聡明なのは、あなたが須磨や明石で罪のみそぎをしていらっしゃった時の御子だからではないでしょうか。冷泉院はどうしてあんなにもお若くて早々と御位をお降りあそばしたのでしょう。誰の話でも、あなたと院は御兄弟とはいえ気味の悪いほど瓜二つだとのことです。美しい人はみんな似るとか世間では申しますから、そうなのかもしれません。けれど……。

「何もかもあなたにはかくしだてを一切していないのですよ。その時は気を悪くされるような浮気の女たちのことまでみんな打ち明けてしまうのも、あなたとの間にだけは水くさい秘密を持ちたくないからです」

と常々おっしゃっているお言葉も、わたくしには信じきれないのです。

あなたはわたくしと誰よりも長く暮らしていらっしゃりながら、わたくしの本当の心の底など覗いて御覧になったことがおありではないように思います。もしかしたら、何もかも打ち明けてくださったら、どんなにお心の罪が軽く、お楽になれたかもしれないのに。お可哀そうなお方。いつからわたくしはあなたをそんなふうに心の中で憐れむようになったのでしょう。

次々、あなたを見捨て、あるいはあなたに逆らってあなたの愛した女人たちは御出家していかれました。

そのたび示すあなたの狼狽ぶりや嘆きに、わたくしは何度つきあってきたでしょうか。

あなたを捨てきれるその方たちのために、鈍色(にびいろ)の衣や美しい袈裟(けさ)を縫う時、わたくしはその人たちの決断をどんなに羨ましく思ったことでしょう。

あなたの側にいつも身近く暮らしているばっかりに、わたくしはあなたに内緒で出家するということができませんでした。

いつでも真剣に心の底から、出家させてほしいとお願いするたび、あなたは泣いてとめられたのです。それなら共に出家するという方法もあると申しあげた時だって、一緒に出家しても、死ぬまで別々に住むことが耐えられないと泣かれて、わたくしに出家を思いとどまらせるのでした。

ふっと、わたくしがこれほど出家したいのは、もうあなたと暮らす生活に耐えかねて、一日も早くひとりになりたい願望なのだと思い至った時、急にあなたが可哀そうで涙があふれてきました。

あなたを見限って出家した女人たちの心の、最後の冷たさがひしひしと伝わって、それに気づかない、あなたがあわれになったのです。

女三の宮の御出家の時ほど、あなたが取り乱したのを見たことはありません。

藤壺の女院の時は、まだわたくしが幼稚で、あなたの表情を読むこともできなかったのでしょう。

わたくしの大病以来、あなたがすっかり女三の宮に冷たくおなりになったのを気付かないわたくしでしょうか。

無理にわたくしにすすめられて、あなたは義理だけで渋々六条院（ろくじょうのいん）へ帰っていかれたものでした。そんなある日、二条院へもどられたあなたのお顔は土気色でした。わたくしの病床を見舞うのもそこそこに、別の部屋にふせってしまわれました。只事（ただごと）でないあなたの御様子を女房たちから聞きながら、六条院で起こり得るあらゆることを想像してみました。

当時あなたは四十七歳で、女三の宮は二十一歳になっていらっしゃいました。十四で御降嫁あそばされた時のあどけないお姫さまも、女ざかりのまぶしい女人に育っていらっしゃいましょう。三十九歳にもなったわたくしからは、その若さがただもう羨ましいかぎりです。それはあなたにしても同じ羨望をいだかれたのではないでしょうか。

少し落ち着いたあなたがわたくしの枕元にいらっしゃった時、

「あちらではいかがでしたか。お加減が悪いといっておいでなのにこんなに早くお帰りになってはまずいでしょう」

というわたくしの言葉をさえぎって、あなたは、

「妊娠したようでしたが、それなら病気ではないし、心配することはないと思っ

て帰ってきました」

とおっしゃったのです。あの時の愕いたこと。それならいっそう、もっとやさしく見舞ってあげるべきだなど、さかしらしくいったように思いますが、本当は何も覚えていないのです。

御懐妊と聞いた瞬間、すべてがわかってしまいました。人一倍御子の好きなあなたが、女三の宮のはじめての御懐妊にそんな平静なお顔でいられるはずもない。それに昨夜のあの異様なそぶり。七年も前に御降嫁以来、ただの一度も気配すらなかった女三の宮に、今頃いったい、どうして……と思うのが不躾でしょうか。では誰の御子、と思えば、もう頭が惑乱しそうになり、何もかもわからなくなります。

あれ以来、あなたはどうごまかしてもかくしようのないほど女三の宮に冷淡になられました。本来なら、わたくしの立場としてそれを喜ぶべきことなのでしょうか。わたくしにはそうは思えず、ただただ、女三の宮がおいたわしくお可哀そうでなりませんでした。

わたくしが病気さえしなければ……二条院へあなたと共に移ってこなければ……そんな不祥事が起こるはずもなかったかもしれないのです。あの可憐な方の小さな手をとって、慰めてあげたい想いでいっぱいでした。誰にもあなたにも、それ以上問いただせないだけに、わたくしの気持は辛く、心が痛み、病がまた重くなったようでした。

因果というものの恐ろしさを、あの時ほど感じたことはございません。

しかもあの可憐ないかにも頼りない感じの女三の宮までが、決然と出家してしまわれたのです。

あの時もあなたは日頃の冷淡さを忘れたように、周章狼狽なさいました。見苦しいほどうろうろなさるあなたを見て、またもやわたくしはあなたをお可哀そうに思いました。

幼少の頃からあなたに引き取られ、あなたにこの世の生き方のすべてを教えられたみなし児同然だったわたくしが、いったい、いつの間に、親とも夫とも頼んだあなたをあわれがるように成長したのでしょう。

その頃からです。ふっと、わたくしが死ねばこのお方はいったいどうなってしまうのだろうと、あなたに対して、不憫さと不安でいっぱいになったのでした。

女三の宮が出家なさった直後にも物の怪が出て、「してやった」と憎々しく言い、わたくしを死から取り返したといい気になっているのが口惜しいので、女三の宮にずっと取り憑いていた、と言ったとか。まことしやかにわたくしに注進する者がおりましたが、わたくしは手きびしくその女房をたしなめたことでした。

何かあるたび、すべては六条御息所の悪霊のせいに片づけてしまわれるのは、あまりにも御息所を侮辱していると思います。女三の宮が出家なさったのにまだ重病で快復しないという事実、ましてお産の直後ともなれば、どんな危険な病状がさし添っても不思議ではありません。あなたの不安が心の鬼になって、またしても六条御息所の物の怪を想いおびきよせたということでしょう。

御息所の物の怪は必ず、あなたが不安や悔恨の情に責められる時にだけあらわれるようです。

さいわい女三の宮は出家の功徳でお命をとりとめられ、今ではお健やかに、しかも見るからにお心のどやかに仏道三昧に暮らしていらっしゃいます。

尼姿になられた女三の宮に、あなたが以前には感じなかった新しい魅力を覚えていらっしゃることも存じております。

お気の毒に、出家なさった方々はどなたもみな、重いあなたとの愛執の鎖を断ち切り、さわやかにお過ごしのようです。空蟬の尼君も朝顔の斎院も、朧月夜の君でさえも……。

出家させてほしいとお願いし続けては、あなたに断られ続けたわたくしは、み仏にも見限られた不幸な人間のような気がします。おそらく死ぬまでわたくしは、あれほど憧れている出家の素懐を遂げることはできないのでしょう。

これも前世からの因縁と思って、この頃のわたくしはひたすら、訪れる最後の日のための心用意にいそしんでいます。

たった今、あの世からのお召しが来ても、わたくしにはもはやあなた以外のなんのほだしもなく、いつでも心のどかに死を迎えられる心境です。

この世にどうしてももっと生きたいという気持は一向にないものの、長年連れ添ってきたあなたとの今生（こんじょう）での御縁が、ふっつりと断たれるかと思えば、あなたを嘆かせることばかりがおいたわしくて、しみじみ悲しくなるのです。

今になってもせめて死ぬ前に出家の本懐を遂げて、しばらくの間でも生きている命の限りは、勤行（ごんぎょう）いちずに暮らしてみたいと思うのですが、その話を出すたび、あなたはきっぱりとおっしゃいます。

「あなたの容態がこんなに悪いのに、どうして出家がさせられよう。あなたが出家する時はわたしも出家します。それでもこんな状態のあなたの面倒も見られなくなる出家は、わたしにはできない」

というのがいつものあなたのもっともらしいお言葉です。とやかく理屈をつけていらっしゃる間に、さほど道心が深いとも思われぬ方々にさっさと出家されてしまい、あなたも取り残されてしまわれました。今更、あなたを無視して、自分の一存で出家するのも、わたくしには決心がつきかねるのです。あなたの御意見を無視できるなら、あなたの女君たちの誰よりも早く、わたくしは出家していたでしょう。

自分の出家を許されない怨めしさよりも、あなたがひとり後に残される淋しさを思いやって心が痛むのです。それにしても、どうして最後のたったひとつの願いの邪魔ばかりされるのかと、あなたを恨めしく思うにつけて、これもまた自分の前世の罪障が深いためかと、心細くなるのでした。

長年かけて、ひそかな願いごととして書かせた法華経千部を、死ぬまでに供養したくて、急いでその用意をしました。誰に遠慮もない自分の邸の二条院でそれを行いました。役僧たちの法服なども恥をかかない程度に調えました。法会の設備などはあなたがすべてしてくださり、当日の楽人や舞人のことなどは、夕霧大将が一切買って出てくださったので助かりました。

宮中の中宮方も、六条院の女君たちもこぞってお布施やお供物を下さったので、たいそう派手な立派な法会になってしまって、気がひけました。

当日は花散里のお方も明石のお方も出席してくださいました。わたくしは気をひきたてて寝殿の東南の戸を開けて坐りました。北の廂に客人たちの席を設けました。

あの女君たちは、わたくしが先に死ぬことをどう思っていらっしゃるだろうと想像すると、その人たちのために、嫉妬したり怨んだりしたこともみな夢のようで、いったいわたくしの一生とは何だったのかと、はかない気分になります。

性愛もなくなったまま、あなたに必死に取りすがっている花散里のお方のようになってまで、わたくしは生きていたくないのです。女は愛する殿御に、涙をふりしぼってもらえる間にこそ死にたいものでございます。

明石のお方は、結局、あなたの女君の中では最も幸運な晩年を送られましょう。中宮（明石中宮）の御生母として、いまでは誰よりも敬われているし、宮中でも大切にされています。

長い年月、姫君をあの方から取り上げてしまったわたくしを、この方はどんなに恨み続けてきたことでしょう。身分がほんの少し低いというだけで、この方は、しなくてもいい苦労をしてこられました。姫君を平気であの方から取り上げ、生母の生き別れの苦しみや涙を無視してきたわたくしの罪は、いくら懺悔したところで許されるはずはないように思います。

でも、その罪もやがて間もなく、死という事実が清め洗ってくれることでしょう。

三月の十日に供養会を行いました。花盛りで空のけしきもうららかにのどかで、極楽浄土もこのようなものかと思われました。

あなたを中心にして、互いに憎みあったり嫉妬しあった女君たちにも、今、息のある間にそれとなくお別れを告げたいと思い、中宮のお産みになった幼い三の宮をお使いにして、明石のお方に歌を届けました。

「惜しからぬこの身ながらもかぎりとて
　薪（たきぎ）尽きなんことの悲しさ」

惜しくないこの身でもいよいよ命の終わりを迎えるのはやはり悲しいものですと、わたくしとしては思いきって素直に、死の迫った自分の淋しさを訴え、死に免じて、わたくしのこれまでの無礼も罪も許してほしい、とあやまるつもりだったのですが、あのお利巧さんは、なんというさりげない当たり障りのない歌で答えてくれたことでしょう。

「薪こるおもひはけふをはじめにて
　この世にねがふ法（のり）ぞはるけき」

今日の供養の御法（みのり）にかけてわたくしの長寿を祝ってくれたのですが、もう誰の目にも長くはないと映っているはずの病人に対して、かえって空々しい気のするお歌でした。そんなふうに気を廻（まわ）すのは、わたくしの心の底に、まだ明石のお方にだけはこだわりのとれないものがあるせいなのでしょう。明石の中宮がほんとうに自分のおなかを痛めた子だったらと、思わないことがありません。

次の日はさすがに疲れがでたものの、集まってくれた一人一人に、これが見納め、声の聞き納めと思う気持が働いて、名残惜しくてなりませんでした。花散里のお方にもお別れの歌を送りました。

「絶えぬべきみのりながらぞ頼まるる
　世々にと結ぶ中の契りを」

もう命も最期で、やがてわたくしはあの世に旅立ちます。御法の縁であなたとはあの世でまた逢いましょうね、と詠みかけたのに対して、あの素直な方は、

「結びおくちぎりは絶えじおほかたの
　残りすくなきみのりなりとも」

なんの気取りもなく、心やさしく、わたくしとの縁はいつまでも絶えないでしょうと慰めてくれるのでした。心が弱くなっているせいか、こんなやさしさにも、つい涙があふれてくるのです。

夏を迎えることができたものの、普通の暑さにも耐えきれず、いよいよ息の絶えそうな時がたびたび訪れるようになりました。

女房たちが夜昼つきそい看病してくれる中にも、中納言の君と中将の君は、泣きはらした目をかくそうともせず、心をこめて足や腰を撫でさすってくれるのです。

涙が時々、足に落ちることもあって、わたくしはこの人たちにいとしさがこみあげます。

　信じられないほどきっぱりと、他の女君を訪ねなくなったあなたも、この人たちだけには気をゆるして甘えていらっしゃいます。昔からあなたのお手がついている女房たちなのに、わたくしのことを怨みもせず、こんなに尽くしてくれるのはありがたいことです。あなたはたぶん、若い中将の君の可愛らしさに惹かれ、わたくしの亡き後もこの人だけはお側にお置きになるだろうと思います。

　そう思っても、もう心がきしみ声をあげなくなりました。こんな若いやさしい女房が、せめてあなたを慰めてほしいと祈る気持です。

　それとなく死後の邸内の片づけごとなど、こまごま教えますと、

「そんな悲しいことはおっしゃらないでください。万一亡くなられた時は、わたくしは殉死します」

　など言う始末。殉死がいかに野蛮な風習かといさめるのに疲れて、わたくしは気を失ってしまいました。

　もうこれではとうてい生きていけないと思います。時々顔の前に自分の手をかざしてみますと、骨と皮だけにやせ細っています。身体(からだ)ときたら、骸骨のようで、もうあなたのお目に裸をさらす勇気もありません。

あなたより八つも年下のわたくしが、あなたを残して先に旅立つことが、相すまなくてなりません。

夏が過ぎ、秋が来ても、まだわたくしの命は細々と燃えていたのです。でもとうてい、この冬は迎えることができないでしょう。

春が好きと、胸をはって言った昔がなつかしくなります。秋の淋しさを人一倍身に感じていたからこそ、わたくしは春を選んでみたのだと思います。

これが最後と、花や草や虫の音に目や耳を傾けますと、それらのすべてが今まで以上にしみじみと目に映り、物の音も涙がこぼれるほどなつかしくなるのです。

可愛らしい三の宮だけは、

「わたくしが死んでしまっても覚えていてくださるかしら」

と問うと、

「恋しくてたまらないでしょう。だって御所の主上さまよりも中宮さまよりも、ずっとお祖母さまが好きなんだもの。いらっしゃらなくなると、きっと泣いちゃう」

と言ってくれる可愛らしさ。

明石の中宮が次々とお産みになる宮さまたちのおかげで、御子の少ないあなたの家系の将来も、弥栄安泰となったようです。

たぶんわたくしは、もう数日の間に、消えゆく露のようにはかなくなると思います。

どうかわたくしのいたらなかったすべてを許してください。墓などはいりません。わたくしの骨の一かけらだけを、どうかお側近くに残しておいてくださいまし。眠った間にわたくしはひっそりと息絶えることでしょう。

やはり誰よりも恋しいいとしいあなた、わたくしをどうか忘れないでいてください。さようなら。

解説

山田詠美

瀬戸内先生にお会いしたのは、昨年の秋のことでした。ある雑誌の新年号用の対談のお仕事で、お食事をご一緒したのです。お仕事というのは当たっていないかもしれません。私は、原稿を書くのは仕事と思うこともありますが、対談というものをそうは感じていないふしがあるからです。それでは、いったいどう感じているのか。私には、作家になったということに付随する役得のように思われるのです。

この対談のお話をいただいた時に、私が、咄嗟に思ったのは、ああ、ついに来てしまったという、今、思うとおかしいのですが、授業中に質問の答えが解らないために教科書で顔を隠していた児童が先生に指名されてしまった時のようなあせりだったのです。冷汗をかきながら、しどろもどろに言葉を捜していた幼ない頃の自分さえ思い出してしまった程でした。

それ程、瀬戸内先生を恐がっていたのかと言われると、そうではないのです。

私は、もう自分のつたなさに気付いている年齢になっていて、それを対談の席で確認させられてしまうのが恐かったのです。しかし、不思議なことに、もっと自分のいたらなさを知りたいという自虐的な気分もうずを巻いているのが私という人間なのでした。先輩の作家の方々と初めてお会いする時は、いつも、こういうアンビバレンツな思いを胸に抱いて緊張してしまうのです。とりわけ、今回は、あの瀬戸内寂聴先生にお会いするわけですからね。文壇不良娘の私だって、かなう相手じゃありません。

さて、対談の日はやって来ました。私は、柄にもなく紺のワンピースなどを着て、フレンチレストランにおもむきました。緊張のあまり、背すじがそりかえってしまって、心ならずも背筋を鍛えてしまう程でした。瀬戸内先生は先にいらっしゃっていて、私を見るなりこうおっしゃいました。

「あらあ、べっぴんさんねー」

理由なく力が脱けてしまいました。自意識のかたまりのようになっていた自分が馬鹿みたいに思えました。と、同時に、とてもおなかのすいている自分の体の状態に気付いたのでした。ようし、食ってやるう、とばかりに私はメニューをにらみつけたのです。食欲を感じさせてくれるお相手は、私にとって、素晴しい方なのです。いささか動物的と思われるかもしれませんが、私は、そういう生理に訴える勘を大切にしています。食べることは体を作り、そういう気持にさせてくれる方との会話は心を作ります。瀬戸内先生は、私にとって、まさに、そういう方だったのです。

対談は、男と女に関するお話から、文学論にいたるまで、大変興味深く素晴しいものになりました。そして、もちろん、そのあいまの世間話も。私は、すっかり、くつろいでいました。何もかもが心の栄養になったように思いました。

私は、いつも、小説を書くのが嫌で、編集者の方々を困らせていますが、そのことを見詰め直してみたいと思ったのは、この時の瀬戸内先生との対談がきっかけだったと思います。なんだか、とてつもない創作意欲が湧いて来てしまったのです。今まで持っていた気負いというものが消えてしまい、小説を書ける自分が嬉しいなあと素直に思えたのでした。心がこもっていると、たいていのことは許されるとおっしゃった瀬戸内先生の言葉を私は忘れることはないでしょう。

出家という言葉で、人々は、諦めるというイメージを浮かべると思います。私もそうでした。何もかもを諦めた後にやって来るしんとした静寂のようなもの。そこには、他者の入り込めない厳しい匂いが漂います。しかし、私は、瀬戸内先生にお会いして、むしろ、このように思ったのです。先生は、すべてを諦めるためではなく、すべてを受け入れるために出家なさったのではないかと。そこには、茫漠とした優しさが広がり、諦観よりも、はるかに難かしい世界があるように思えます。瀬戸内先生は、あえて、そこに身を置こうとお思いになったのではないでしょうか。もちろん、年若い私が、想像するのも失礼なことかもしれないのですが。

しかし、そう思いながら、この『女人源氏物語』を読み進むと、よりいっそう行間のせつなさが匂い立つのです。この物語は、私が説明するまでもなく、「源氏物語」を女性の側から描いたものです。私は、正直に言って「源氏物語」があまり好きではありませんでした。光源氏を、調子の良いやつだなあ、けっ、と思っていたぐらいでした。しかし、これが女性の側から描かれたらどうなるか。許してしまうのですよ、これが。調子の良いやつから、つれないお方に光源氏が変わってしまうのです。なんとも言えない色気が文章から香るのです。身勝手な男の振る舞いが、惚れた女にとっては、甘い恍惚ですらあるのを読者が感じるのは、瀬戸内先生が、男女の心と体の混じり合うその色彩のやるせなさをご存じだからだと思います。女性の語りつぐ光源氏像は、それが、あらゆるものから許された、まれな人物として焦点を結んでいます。そして、そこには少しのずれもない。あらゆる筆致が正確にデッサンを重ねた美しい絵画を見るようです。そして、その上には、うつろいやすい人の心という絵の具が溶かされて、日本古来のしみじみとした季節を背景として、『女人源氏物語』の世界を作っています。

この第四巻は、女三の宮が光源氏のもとに降嫁して始まり、紫上がなくなるところで終わっています。紫上に対する愛情がよりいっそう描き尽くされているという点で、光源氏の魅力もあますところなく発揮されています。やはり、この方は、許されるべき唯一の男性であるのです。それは何故だろうと思った時、私は、ひとつの言葉を頭に浮かべるのです。

それは、今の時代には存在し得ない「御寵愛」という三文字の言葉です。私は、「源氏物語」を作り上げているのは、この言葉だと思うのと同時に、これは、本来、女性の側から語られることにより魅力の露を浮かべるものだと思うのです。私が、それまで「源氏物語」をあまり好きになれなかったのは、男性の側から語られた「寵愛」の物語だったからだと思うのです。「寵愛」が「御寵愛」に変わる時、この『女人源氏物語』が生まれたように思えてならないのです。

不幸な女性が多勢登場します。特に、死んでなお物の怪として光源氏を愛し続ける六条御息所などは、たいそう憐れです。しかし、御寵愛の蜜の味を知った女は、知らぬ女よりも幸福だと私は感じてしまうのです。私は、決してフェミニストではありませんが、あちこちに心を移して女性を傷つける男性が嫌いです。しかし、御寵愛を受けるということが可能ならば、人生観は変わります。残念なことに今の世、御寵愛などおとぎ話。せめて、この『女人源氏物語』を読むことで、夢を見たいと思うのです。夢にしては、あまりにもおもしろく、興味深い夢なのですが。

ところで、瀬戸内先生との対談の後、私は、もっと先生とお話を続けたくてたまらなくなり、お泊まりになっていた山の上ホテルにお電話をしてしまいました。瀬戸内先生は、いらっしゃらず、私は、ちぇーっと、はしたなくも口ばしってしまったのですが、もしかしたら、『女人源氏物語』の隅の方に、このような台詞(せりふ)を口ばしっていた侍女がいたかもしれないと思うと、なんだかおかしくなってしまうのでした。

（やまだ・えいみ　作家）

※一九九二年刊、集英社文庫より再録

決定版解説

田中慎弥

平安文学の最高峰、下手をすると日本文学史上の最高傑作にも位置づけられかねない『源氏物語』を読むとすると、そのきっかけはなんだろうか。近代、現代の小説を読み慣れている人であっても、その延長で、この五十四帖に及ぶ難敵を攻略しようという気にはならないのではなかろうか。普段通りの読書の感覚、本を読む習慣、などでは、まず手に取らない。むしろ、小説を読むこととは別のところに入口がありそうだ。漫画かもしれないし、映像作品かもしれない。

私は二十歳くらいの頃に見たNHKのテレビ番組だった。その中で、瀬戸内寂聴さんと橋本治さんが『源氏物語』について喋っていた。確か橋本さんだったと思うが、日本にただ一つすごいものがあるとすれば『源氏物語』だ、とまで言うのを聞き、そんな大袈裟な、それは例えば富士山や琵琶湖よりもすごいのか、金や宝石よりも価値があり、東大や京大の学生の頭の中身よりも高尚で、ドリフやタモリよりも面白くて、中森明菜の歌よりも人を感動させられるのか、何より谷崎潤一郎や川端康成や三島由紀夫の小説よりもすごいと、本当に言い切れるのか、と勝手に腹を立てた。有名な作家二人が、タイトルだけなら誰でも知っている古典文学をやたらに持ち上げて、NHKからギャラを貰う、なんだか権威的でいやになった。一方で、このままでは癪に障る、ああまで言われて黙ってられるか、三流大学にも入れなかった教養のない自分でも読むだけならわけはない、とまたしても勝手に意気込んで、与謝野晶子の現代語訳を読んだ。

以降、この古典にまんまとハメられた恰好となり、原文を、一度だけだと悔しいので二度、その後、瀬戸内訳と谷崎訳、と都合五回も読むことになってしまったのだ。まだ若くて体力もあったし、働きもせず、いかなる種類の学校にも通わずにぶらぶらしていたから、時間もあった。ぜいたくな日々だった。

『源氏物語』を読む条件は、別に学校や会社に行ったたっていいがその中にも時間の余裕が持てる、という点と、私にとってのテレビ番組のような、ちょっとしたきっかけだ。『女人源氏物語』は、ちょっとした、ではなく大長編だが、人によってはここをきっかけとして『源氏物語』本編へ、というコースがあり得るだろう。これは想像だが、のちに現代語訳もなさっているから、その前に、いきなり本編を読むのは腰が引ける、という読者のためにまずはこういう形で、との瀬戸内さんなりの意図があったのではないか。

とはいえ、作家が一つの作品に取り組むからには、やがて書く現代語訳に向けての地ならしや、古典文学の入門書、という気持だけで出来るわけがない。その時持っている力を全て使わなければ、これだけの長さのものを書けはしない。ごく若い頃から『源氏物語』を読んできた瀬戸内さんならではの、この名作に対する作家としての意識と覚悟のありったけを詰め込んだに違いない。

現代語訳であれば、原文を文字通りいまの言葉に訳すのであり、独自の解釈やそれに基づく自由な筋立は許されない。与謝野晶子と瀬戸内さんとは百年近くも時代が離れているので、現代語訳とはいえ、一つの場面を書いても言葉の選び方が違うし、長さだって同じにはならないが、大きな逸脱が許されないという点で、当り前だが共通している。ありったけを投入しようとしても常に制約される。

『女人源氏物語』は、原典の筋立を大きく変えてはいないものの、制約から出来る限り自由になろうという意図がはっきりうかがえる。それは各帖が、登場人物である女性の視点で描かれていること。一つくらい男性視点があったってよさそうだが、ない。勿論、結果としてそうなったわけではなく、はっきりとした企みだ。瀬戸内寂聴が『源氏物語』を女性視点で語り直すとなれば、瀬戸内さんの小説の愛読者からすると、こたえられないことだろう。

だが、なぜわざわざそんな語り直しをしなければならなかったのか。単に作家の目で名作を見つめ直してみました、ということなのか。だとすれば、どうしてそういう意図が作家の中に生まれたのか。千年前の紫式部に対し、現代作家として闘いを挑まなければならなかったのには、どんな理由があったのか。

どこまでも推測になってしまうが（晩年の男友だちの一人に数えて下さっていたので許されるだろうが）、たぶん瀬戸内さんの『源氏物語』への不満が、根本にある。原典に満足しているのであれば、わざわざ語り直す必要はない。読者として接し、作家としては語り直しも見つめ直しもなく、現代語訳に取りかかるだけだ。長い仕事は体力のあるうちがいい。与謝野晶子は三十代で、谷崎潤一郎は四十代で現代語訳を開始している。

なのに瀬戸内さんは六十代で、現代語訳ではなく『女人源氏物語』を書いた。不満の故だ。女性の人物の語りという形式に、その不満が表明されている。女性たちは、なぜこんなにも光源氏という一人の男性に翻弄されたのか。しかも、自分たちの言葉で語る機会を奪われっ放しではないか。作者である式部の筆そのものによって奪われている。登場する女性たちに降りかかる出来事が、光源氏という絶大な男性によってもたらされる災難、ではなく、女の悲しみ、といったありきたりな額縁に押し込められて、御立派な古典文学として崇め奉られてしまっている。このままにしておいていいわけがない。現代の読者に向って、光源氏という権力者の横暴を告発し、女性たちの真の姿、本当の気持を浮び上がらせなければならない……。

こういう不満が瀬戸内さんの中に兆した筈、という見方自体が、それこそ男性の横暴と批判されよう。だが、『源氏物語』を長く愛してきた瀬戸内さんだからこそ、不満も大きかったのではなかろうか。『女人源氏物語』という形で不満を表明し、苦闘しなければ、いまを生きる女性作家として仕事をし続けることが、きっと出来なかった。

この巻に登場する人物で気になるのは、私自身が男性だからだろうが、女性たちではなく、柏木だ。「葵草」の章で、思いを寄せる女三の宮が光源氏に降嫁しているため、仕方なく姉の女二の宮を北の方とした柏木は「所詮、代用品は代用品だよ」と女三の宮の侍女に言う。代用品、という残酷な言葉。たとえ男性の身勝手を表現し、断罪するためであっても、ここまで強い言葉を、私は使う自信がない。残酷な表現を回避して、安全運転に徹するだろう。社会的にはその方が、女性の立場に配慮していて穏当だ。だが作家としては、危険な言葉をあえて選ばなければならない局面があるのだ。

女性の中で引きつけられるのは雲居雁。自らの名前がついた「雲居雁」の章で、「あなたが天下一の真面目人間ですって。聞いてあきれてしまいます。」と語り始める。あなたというのは、結婚相手で光源氏の息子である夕霧(ゆうぎり)のこと。これまでの一般的な読まれ方だと、圧倒的な父親の許(もと)に生れてクソ真面目に生きるしかなかった気の毒な男性で、妻である雲居雁は、若い頃はかわいらしかったのに、結婚後は家庭の中で段々と魅力を失ってゆく殺伐とした女性、ということになるが、彼女自身がその一般的な、あるいは男性目線の一方的な読まれ方に反論するかのように、夕霧に対する不満をぶちまけるのだ。この不満こそまさしく瀬戸内さんの、雲居雁を好き勝手に矯(た)めつ眇(すが)めつしてきた男性目線への不満、さらに『源氏物語』への、いわば千年分の不満と言える。男性読者としては反論のしようがない。

『源氏物語』が千年間読まれ続けてきたのは、雲居雁を殺伐としたつまらない女性だと決めつける男性目線の読まれ方が続いてきたということでもある。『女人源氏物語』はそのあい変らずの読み方しか出来ない男性への、また『源氏物語』そのものへの強烈な反論だったのではないか。光源氏が物語全体に君臨し、登場人物たちに影響を及ぼす、その構造を解体し、再構築し、語り直し、男性の目には見えていないこの古典文学の本質、女性たちの感情や身体感覚を作品化する。『源氏物語』に寄り添うと同時に、対峙(たいじ)してみせる。それこそが、それだけが、現代作家として『源氏物語』に取り組む道だった。

だとすると、その後の現代語訳は、極論するならなくてもよかった筈だ。現代作家として再構築した時点で『源氏物語』を、いわば捻じ伏せてみせたのだから、それで決着したとも言える。なのに瀬戸内さんは、七十代で現代語訳を発表し始めた。女性の、そして現代の視点でせっかく語り直したのに、光源氏を頂点とする原典に回帰した。まるで『源氏物語』の毒牙から逃げ切れなかったかのように。

瀬戸内さんは常々、小説を書くために出家したのだと語っていた。その決断は作家としての長いキャリアにつながったのだから、結果的に正しかった。だがそれでも、もし瀬戸内さんが出家せず、そして『源氏物語』にここまで傾倒していなかったら、『女人源氏物語』と現代語訳に費やした体力と時間を他の小説に向けていたら、どんな作品が生れただろう、と想像してしまう。

瀬戸内さん、私も『源氏物語』が大好きです。でも、語り直しも現代語訳もやりません。作家としての力を精いっぱい使って、自分なりの小さな小説を、一歩ずつ書いてゆきます。

（たなか・しんや　作家）

本書は、一九九二年十一月、集英社文庫より刊行された『女人源氏物語　第四巻』を『決定版　女人源氏物語四』と改題し、再編集しました。

単行本　一九八九年六月　小学館刊

本文デザイン／アルビレオ

集英社文庫 目録（日本文学）

- 瀬川貴次　暗夜鬼譚　紫花玉響
- 瀬川貴次　ばけもの好む中将 九　真夏の夜の夢まぼろし
- 瀬川貴次　暗夜鬼譚　五月雨幻燈
- 瀬川貴次　ばけもの好む中将 十　因果はめぐる
- 瀬川貴次　暗夜鬼譚　空蝉挽歌〈前〉〈中〉〈後〉
- 瀬川貴次　ばけもの好む中将 十一　秋草尽くし
- 瀬川貴次　暗夜鬼譚　狐火恋慕
- 瀬川貴次　ばけもの厭ふ中将　戦慄の紫式部
- 瀬川貴次　暗夜鬼譚　綺羅星群舞
- 瀬川貴次　紫式部と清少納言　二大女房大決戦
- 関川夏央　石ころだって役に立つ
- 関川夏央　「世界」とはいやなものである　東アジア現代史の旅
- 関川夏央　現代短歌そのこころみ
- 関川夏央　女流　林芙美子と有吉佐和子
- 関川夏央　おじさんはなぜ時代小説が好きか
- 関口尚　プリズムの夏
- 関口尚　君に舞い降りる白
- 関口尚　空をつかむまで
- 関口尚　ナツイロ
- 関口尚　はとの神様
- 関口尚　明星に歌え
- 関口尚　虹の音色が聞こえたら
- 瀬戸内寂聴　私小説
- 瀬戸内寂聴　女人源氏物語 全5巻
- 瀬戸内寂聴　あきらめない人生
- 瀬戸内寂聴　愛のまわりに
- 瀬戸内寂聴　寂聴 生きる知恵　法句経を読む
- 瀬戸内寂聴　一筋の道
- 瀬戸内寂聴　寂庵浄福
- 瀬戸内寂聴　寂聴巡礼
- 瀬戸内寂聴　晴美と寂聴のすべて 1（一九二二～一九七五年）
- 瀬戸内寂聴　晴美と寂聴のすべて 2（一九七六～一九九八年）
- 瀬戸内寂聴　わたしの源氏物語
- 瀬戸内寂聴　寂聴源氏塾
- 瀬戸内寂聴　寂聴仏教塾
- 瀬戸内寂聴　まだもっと、もっと　晴美と寂聴のすべて・続
- 瀬戸内寂聴　わたしの蜻蛉日記
- 瀬戸内寂聴　寂聴辻説法
- 瀬戸内寂聴　ひとりでも生きられる
- 瀬戸内寂聴　求愛
- 瀬戸内寂聴・美輪明宏　ぴんぽんぱん　ふたり話
- 瀬戸内寂聴　決定版　女人源氏物語 一～四
- 曽野綾子　アラブのこころ
- 曽野綾子　人びとの中の私
- 曽野綾子　辛うじて「私」である日々
- 曽野綾子　狂王ヘロデ
- 曽野綾子　観月観世　或る世紀末の物語
- 平安寿子　恋愛嫌い

集英社文庫　目録（日本文学）

平安寿子　風に顔をあげて
平安寿子　幸せ嫌い
高倉健　あなたに褒められたくて
高倉健　南極のペンギン
高嶋哲夫　トルーマン・レター
高嶋哲夫　M8 エムエイト
高嶋哲夫　TSUNAMI 津波
高嶋哲夫　原発クライシス
高嶋哲夫　東京大洪水
高嶋哲夫　震災キャラバン
高嶋哲夫　いじめへの反旗
高嶋哲夫　沖縄コンフィデンシャル　交錯捜査
高嶋哲夫　沖縄コンフィデンシャル　ブルードラゴン
高嶋哲夫　富士山噴火
高嶋哲夫　沖縄コンフィデンシャル　楽園の涙
高嶋哲夫　沖縄コンフィデンシャル　レキオスの生きる道

高嶋哲夫　バクテリア・ハザード
高杉良　管理職降格
高杉良　小説 会社再建
高杉良　欲望産業(上)(下)
高瀬隼子　犬のかたちをしているもの
高梨愉人　二度目の過去は君のいない未来
高野秀行　幻獣ムベンベを追え
高野秀行　巨流アマゾンを遡れ
高野秀行　ワセダ三畳青春記
高野秀行　怪しいシンドバッド
高野秀行　異国トーキョー漂流記
高野秀行　ミャンマーの柳生一族
高野秀行　アヘン王国潜入記
高野秀行　怪魚ウモッカ格闘記　インドへの道
高野秀行　神に頼って走れ！　自転車爆走日本南下旅日記
高野秀行　アジア新聞屋台村

高野秀行　腰痛探検家
高野秀行　辺境中毒！
高野秀行　世にも奇妙なマラソン大会
高野秀行　またやぶけの夕焼け
高野秀行　未来国家ブータン
高野秀行　謎の独立国家ソマリランド　そして海賊国家プントランドと戦国南部ソマリア
高野秀行　恋するソマリア
高野秀行・清水克行　世界の辺境とハードボイルド室町時代
高野秀行・清水克行　辺境の怪書、歴史の驚書、ハードボイルド読書合戦
高野麻衣　F　ショパンとリスト
高橋一清　編集者魂　私の出会った芥川賞・直木賞作家たち
高橋克彦　完四郎広目手控
高橋克彦　完四郎広目手控II　天狗殺し
高橋克彦　完四郎広目手控III　いじん幽霊
高橋克彦　完四郎広目手控IV　文明怪化
高橋克彦　完四郎広目手控V　不惑剣

集英社文庫

決定版　女人源氏物語　四

2024年1月25日　第1刷　　定価はカバーに表示してあります。

著　者　瀬戸内寂聴

発行者　樋口尚也

発行所　株式会社 集英社
東京都千代田区一ツ橋2-5-10　〒101-8050
電話【編集部】03-3230-6095
【読者係】03-3230-6080
【販売部】03-3230-6393(書店専用)

印　刷　図書印刷株式会社

製　本　図書印刷株式会社

フォーマットデザイン　アリヤマデザインストア　　マークデザイン　居山浩二

ISBN978-4-08-744609-8 C0193